[日] **村上 龙** 著

Ryu Murakami

栾殿武 译

失 之 物 语

MISSING 失われているもの

上海译文出版社

目　录

1

"我凭直觉就能知道你现在要在键盘上打字。要说为什么,那是因为我自从出生以来就一直待在你的桌上。所以现在我只要通过键盘的声音或是位置,就能明白很多事情。"

我发现自己能听到这种声音后,大吃一惊。小猫咪塔拉在地板上躺着,正眯眼看向这边。

"有什么大惊小怪的?很久之前你就应该能听到我的声音。"

那是一只母猫,讲话却像是公猫的口吻。

"我就是一只猫,无所谓什么口吻!"

我是真的听到猫在说话吗?为什么它能知道我在想什么呢?刚刚,这个家伙说通过我在键盘上打字就能明白,不对,它并没张开嘴说话，所以用"说"这个字不准确，总之就是这样表达出来的。现在，我并没有在键盘上打字，可是，这个家伙到底是怎么知道我正在想什么的呢？

"不要用'这个家伙'称呼我，至少也应该用'这只猫'！"

我不是个信奉迷信的人，也不是无神论者，但是对于阴曹地府、幽灵、灵魂、前世之类，还有轮回转世什么的，我还是很害怕的。但是，这个家伙，哦不，是这只猫，似乎也不像是在替什么人，比如死人之类在传话。

"你在说什么蠢话呢？我又不是什么巫婆！"

真是奇怪，猫怎么会知道巫婆这类词汇呢？

"还没弄明白吗？你可真笨！"

猫咪的眼睛泛着红色的亮光。

这只猫大概已经三岁了，从它还是只幼猫的时候开始，就喜欢和我一起待在书房，但那时候并没有听到它说过话。不，现在也不是在说话。总而言之，它并没有和我进行过任何交流。我刚刚听到它说"还没弄明白吗？你可真笨！"，准确地说，是我感觉到的。或许可能是……我突然寻思到。

"没错，就是或许可能……"

可能这只猫根本就没有向我传达什么，很有可能只是一种自我暗示。我自己的所思所想，都以猫对我说话的形式反射给我自己。这些并不是猫的语言，而是我自己内心的吐露。

"你终于明白过来了，这都是常有的事儿，并没有什么奇怪的，你也不用多想。人就是会在潜意识的范围里接收到其他人或是动物发出的一些信息。特别是一些不愿回忆或者自己不认同的事，虽然意识上很抵触，但却在潜意识中接收这些事情。在这种时候，你会接收其他人和动物，或者树木、蜗牛、蚯蚓什么的，任何东西都可以，你接收它们发出的信息，最后再把这些写到文章里。这就是作家的宿命。写作不是把信号和信息传达出去，而是接收它们，再加以编辑，最后表达出来。"

它只不过是一只猫，怎么知道这么多?! 当然了，这些都是我自己思绪的自我暗示，不过，这些言辞却合乎逻辑。那么，在我的潜意识中究竟发生了什么呢?

"你遗失的东西，没错，就是它。你所寻找的正是你遗失的东西。你失去了一些东西。是从另一个世界失去的? 还是你自身失去的? 或许二者兼有。你现在肯定很想知道你究竟遗失了什么，你确实遗失了一些东西。而且，谁也不知道你究竟遗失了什么，也没有人想去知道。因此，怎样才能搞清楚? 去哪里，和谁见面才能搞清楚? 其实只有你自己知道。以前，不是曾有个女人跟你讲过你有灵魂附体什么的吗? 你要先找到那个女人，一个年轻的女人。准确地说，应该是一个女演员，也可能是一个风尘女子。有可能二者都不是，也有可能都是。总之，怎样才能找到她，这个你擅长。你可以走遍你喜欢的公园，像往常一样聚精会神地眺望着高楼林立的街景，认真思考到哪里才能见到那个女人!"

　　我若是告诉朋友们，我听到了猫给我的建议，他们会如何反应呢? 大概会十分担心我，劝我去看心理医生。不过，我并没有精神错乱。几年前，随着体力的衰竭，我感到过莫名的不安，经朋友介绍，我去见了一位年轻的心理医生。他告诉我说我没有生病。因为他说我没有生病，我反而会去想我究竟为什么会感到莫名的不安，情绪低落、疲惫，会感到莫名的感伤，简直让人无法理解。"随着年龄的增长，体力开始衰弱，同时，精力也开始衰竭，或许因为您比一般人的身心更坚强，又或许因为您一直以来做过一些太过刺激、欲望强烈的事情，以至于在您三四十岁的时候都没有察觉衰弱的迹象。在您五十多岁以后，这些症状突然来袭，让您一时之间不知所措。如果症状是缓慢的、渐进的，还比较容易适应。但是我再重申一下，您并不是抑郁症或是惊恐障碍，您和其他人不一样，可以这样说，关于您自身的感情，您不会对自己说谎或是糊弄自己，因为您可以客观地判断事物，所以才会感到不安，总而言之，就是太过坚强才导致不安。"

或许真是这样，我暂时接受了医生的解释，但这种不安、抑郁的消极情绪并没有消失。不过，我并没有因此而耽误工作。不论是写作的质还是量，我都保持与以前相同的水平，继续创作，以至于周围的同事谁都没有察觉出我有任何精神症状。

很久以前，公园就是我最喜爱的地方。

"认真思考到哪里才能见到那个女人！"

猫咪传给了我这些信息，那个女人究竟是谁？那个时候，我好像猜到了，但又不能确定。毕竟接触过很多女人，和每个人之间的关系也不一样。我在公园里一边踱步，一边不停地在脑海中搜索着记忆。我在树丛间走来走去，突然飘来一股奇怪的气味，不像是树木、花草或者枯叶散发出的公园里的气味，而是一种超越现实的气味。不过我已经习惯了这种事情。比如十几年前听过的歌曲，在某一天早上醒来后洗漱的时候，突然回荡在我的耳边。对于料理的味道或是对一些东西的触觉，就不会出现这种情形，仅限于音乐和嗅觉。

这究竟是什么气味呢？肯定不是性爱的气味。我不经意间看了一眼地面，有一根小鸟的羽毛掉落在地上，是茶色的羽毛，沾着泥土。我凝视着这根羽毛，突然意识到了这种气味的来源，那是少年时代夏天的气味。准确地说，是夏天在草原上捉到的昆虫散发出的刺鼻的气味。气味可以唤起回忆，那个女人应该是她吧。我虽想不起来那个女人是否说过幽灵附体，但我记得她确实是一个女演员。最后一次见到她大概是在三年之前，我们一起在房间里看过电影。我记得那部电影是成濑巳喜男的《浮云》。"原来是她！"阳光透过枝叶缝隙洒在我的面颊上，我沐浴着琐碎的阳光，自言自语道。那是一部充斥失落感的影片。

2

"你还记得我吗？"

"当然。那您还记得我吗？"

我和年轻女演员的重逢，就是由这段对话开始的。

电子邮箱没变，很快就联系上了。邮箱地址是名字 mariko 后面加上生日的日期。

我们第一次相遇是在十几年前，经朋友介绍相识的，那时她才十七岁。东京六本木，道路的右侧是濑里奈餐厅总店，穿过狭窄的街道向右拐，仿佛置身于巴黎的小巷之中，陡峭的台阶中间，有一家餐厅，名叫"瑟堡"。我和真理子就是在那里相遇的。"瑟堡"主打法国菜，同时采用日式怀石料理的元素，创造出以西式小盘料理为主的独特风格，而且营业到凌晨两点，十分方便。店里名流云集，经常能看到一位将名垂青史的戏剧女演员独自一人，坐在吧台品味波慕罗红酒。虽然年纪已经接近七十，但气质高雅，难以接近。当她低头的时候，脸庞艳丽动人，令人窒息。她永远都是独斟自饮，但绝不孤寂，却也让人感觉不到幸福美满。我还是平生第一次见到如此外表既不幸福也不孤独的女性。

现在，"瑟堡"已经荡然无存。在那里偶遇真理子之后不久，"瑟堡"就停业了。很久之前就曾听店主反复说过想要关门。并不是因为经营遇到什么困难，而是顾客层次改变了，这令店主十分失望。店主解释说，并不是因为喜欢文化人或者名人，其实我呢，不喜欢演艺界的人。本来在家无所事事，认识阿友之后就开了这家餐厅，如果来的客人都让我觉得不开心，那开餐厅这件事也就没什么意思了。

阿友就是这家餐厅的主厨，名叫"友川"。他是一个性格倔犟、不苟言笑、沉默寡言的人，但是我和他却十分合拍。店主和阿友都是富二代，他们二人既是美食家又都梦想成为大厨。七十年代末期在南欧旅行时一拍即合，于是便创办了"瑟堡"。我问店主之后有什么打算，他说在里昂有一套房子，暂时打算在那里悠闲地休息一段时间。阿友告诉我，他本打算在东京丸之内之类的地方开一家咖喱店，但是又觉得很麻烦，所以大概会去南国的小岛开一间日本料理店。后来，阿友确实在塔希提岛开了一间日本料理店，刚开始我还收到他寄来的明信片，让我一定要去尝尝他的手艺，但是不久之后就失去了联系。至于店主，据说他从里昂搬到托斯卡纳，画画水彩画打发时光。但是，他常年患有糖尿病，由于病情恶化便回到故乡，两三年前，听他家里人说他已经过世了。

第一次在"瑟堡"见到真理子时，看到她那透露着成熟气息的相貌、落落大方的姿态，我情不自禁地劝她喝一杯红酒，但是朋友告诉我，真理子还未成年，不能饮酒。

"你还是那么漂亮。"

"谢谢。不过我已经三十岁了。"

我们相约在下榻酒店的咖啡厅，然后去附近公园散步。阳光照射在银杏的落叶上，仿佛一张金色的地毯，闪闪发光。我心想，原来她已经三十岁了。大概是因为初次相遇的时候她还是十几岁的少女，所以在我心中对她的印象一直是"年轻女演员"。

"我们最后一次见面是什么时候来着?"

"三年前。"

我本想说，那时候我们一起看了《浮云》，是吧？可是不知为什么，突然脑海中浮现出意大利古城中石板铺成的坡道。大概是凝视着银杏叶在风中飞舞回旋，勾起了我的回忆。从几年前开始，我的身心持续紊乱，无法控制记忆。并不是浮现出一些不连贯的记忆，而是我的思维会不断跳跃。看到那像地毯一样遍地金黄的银杏叶，仿佛唤起了我伤感的回忆，使我反反复复地想起"瑟堡"的往事，记起那个台阶，想起意大利的古都，好像是阿西西，那古老的坡道连结起了这些影像。

　　"您怎么了？"
　　见我沉默不语，真理子问道。
　　"不，没什么。"
　　那一瞬间，我感觉似乎丧失了现实感。

　　我的回忆从阿西西再次回到"瑟堡"。它坐落在都市中比较少见的台阶半坡上，有一块镶着一圈霓虹灯的小招牌，上面写着"CHERBOURG"。推开布满漩涡图案的橡木门，店主热情地招呼我。他先将我领到吧台。店里橘黄色的灯光令人感觉很温馨，我品味着雪利酒，等待着朋友的到来。酒吧的墙上挂着一个相框，装饰着前著名法国明星凯瑟琳·德纳芙的照片，与店里的风格相得益彰。当我问起店名的含义时，阿友告诉我说："其实就是随便取的名字。都这把年纪了，还是一个追星族，因为喜欢德纳芙，所以起了个这么难发音的名字。"店名源自德纳芙的代表作《瑟堡的雨伞》。不过，只有酒吧装饰着德纳芙的照片，餐厅则挂着几幅康定斯基的小幅作品。店主口口声声说"都不是真迹"，但是谁知道呢。每次去酒吧，阿友都会给我做我最爱吃的炸芝士。过了不久，朋友来了。

我想那样的时光大概再也不会有了。并不是因为上了年纪，而是因为那样的餐厅已经消失了。"瑟堡"刚刚停业不久，我便意识到自己失去了一件很珍贵的东西。那好像是日本足球队第一次打入世界杯那年的年底。我和一个女人，在银座或是赤坂吃完一顿平淡无味的法餐，然后在一家酒吧喝酒的时候，突然她提出要分手。我若无其事地答应之后，就那样告辞了。我坐上出租车，发现自己已经喝醉了，却还想再喝几杯。谁都会有这种经历，实际上我已经有过很多次这种体验，"人生不过如此而已"，我在嘴里不断地嘟囔着，便又去了另一家常去的酒吧。至于究竟是什么地方的哪家酒吧，我也不记得了。只记得我隔着吧台和酒保聊着足球。我曾去法国观战世界杯比赛，说起日本败给克罗地亚那一场，我滔滔不绝地大喊着那场球踢得实在太臭，以至于别的客人嫌吵，让我小声一点儿。我让酒保给我做一杯冰冻鸡尾酒，我当时烂醉如泥，手指都已经失去了知觉。

"去六本木。"

我告诉出租车司机。下车后我走在熟悉的街道，在高楼的墙角又呕吐了两次。不久，我终于来到了那令人怀念的台阶前。我想着，这才凌晨一点，应该还没关门，但是走下台阶时并没有看到那块镶有一圈霓虹灯的小招牌，周围一片漆黑。大概是没有客人，所以关灯了吧。每天打烊后，店主们经常一起试饮红酒，所以店里应该还有人。我敲门呼唤着店主的名字，并不是想喝红酒，而是只想喝一杯冰镇啤酒，吃一盘阿友给我做的炸芝士，抱怨一下今天吃过的法式餐厅，那顿法餐的味道实在太糟糕。过了一会儿，我突然意识到，时过境迁，店已经彻底关门了，店主和阿友都已经不在这里了。想到这儿，我竟然差点儿哭出声来。

"我表演话剧了。"

真理子一边说着，一边给我看她的剧照。她身穿和服，大概是饰演古装戏吧。

"是大正时代的话剧。"

"是吗？真想去看看。今晚我们在哪儿吃？"

"如果可以的话，我想去我们第一次见面的那家餐厅。"

我告诉真理子，很遗憾那家店已经停业了，但真理子的回答简直令人难以置信。

"那家餐厅是叫'瑟堡'吧？还在啊。那位厨师是叫阿友吧？他也在。当然，店主也在。我带你去吧。"

3

"可那家店，'瑟堡'，真的已经没有了。"

我这样说着，突然发现我忘记了一直以来如何称呼真理子。是直接叫真理子，还是真理子小姐、真理小姐，或者真理，似乎哪个都不准确。可能使用的是昵称。那以后该叫她什么呢？

"还在。具体位置不太好描述，但是'瑟堡'确实还在。现在要一起去吗？"

当她这样询问时，我心里突然闪过一丝不祥的预感。不知从何处传来一个声音，告诫我绝对不要跟她去。那是我自己心里的声音，还是别人的声音，我无从分辨。而且那声音并不很清晰，只是有种似乎听到了的感觉。

真理子没等我回答，便用力踩着银杏的落叶，迈着缓慢的步伐，准备穿过公园。银杏树渐渐地被抛在身后。我跟着真理子，内心虽然感觉不妙，但一直劝慰自己说也许只是内心压抑而已，不要太在意。我感觉疲劳的时候，偶尔会突然陷入这种内心压抑的状态。有时是清晨，有时是傍晚，没有固定的时间，就是感觉做任何事情都嫌麻烦，郁郁寡欢。但是，心理医生告诉我，谁都会产生这种抑郁状态，不必担心。确实，我尽管心情郁闷，热情减退，但是还能坚持工作，依然能和周围人交流沟通。心理医生还说，因为您有强烈的危机意识，做工作时总是做最坏的打算，这一点也会对您产生影响。据说这是大脑神经中一个类似接收器的部分，为了不忽略任何一个危机的前兆，始终在线，一刻也不休息。内心随时都充满危机感，这很重要，并且实际上也因为这种性格，我曾多次化险为夷。但是，本来需要安心和休息的时候，也要时常警觉，感知危机的来临，导致身心疲惫，容易产生风声鹤唳、草木皆兵的现象。简而言之，就是神经过敏。不需要过度紧张，重要的是要理解和接受自己的性格特点。

"会不会有人在监视我们？"

真理子这样说着，双目注视着身后的银杏树。

银杏树的树荫里，有个红色的东西一闪便消失了。我听到真理子的话后，神经反应过敏，心脏剧烈跳动。我平常由于工作原因，经常和各种女人会面，即使跟真理子一起走被谁看见，也会毫不在意。但是如果被监视，则不同于往常。我反复回头张望不断确认，但那个红色的东西再也没有出现。

"没有人。"

听到我的话后，真理子脸上露出调皮的微笑说："讨厌，后面真的没人。"

"对了，您还记得吗？我快满二十岁那年，好像是千禧年，那年您带我去了罗马。"

"记得。结果那次不是去工作，而是变成了私人旅行。"

那是1999年末，我在罗马拍电视节目，最初打算让真理子做采访助理。但是赞助商是酒类经销商，真理子还未成年，所以广告代理店拒绝让真理子参与节目。但那时候我已经预订了机票和酒店，便让真理子作为我的私人助理，跟着我来到罗马。当初也并不是没有预谋在罗马和她发生关系，但不知道为什么，对真理子没有产生那么强烈的性欲。似乎只要她在身边，我就感觉心满意足。可能是因为我跟她之间的年龄差距已经超过了父女，另外以前跟女演员有瓜葛后经历过多次痛苦教训，让我难以走出阴影。但是，最重要的是我知道真理子十分信任我，所以我对她下不了手。

"我们当时去了罗马郊外的遗址吧?"

"是的,那是哈德良别墅。"

"那天,有一个穿红外套的女人一直跟着我们,还记得吗?"

"你记得真清楚。"我苦笑了一下。那天哈德良别墅里没什么游客,而且又是冬天,天空阴云密布。我们下午吃完午饭才出门,到达那里时已经是傍晚,临近关门的时光了。我特别喜欢哈德良别墅,一直期望带真理子一起去观光。遗址坐落在古罗马富裕阶层的避暑地蒂沃利,建筑已经十分陈旧,但很精致,保留着独特的浪漫风格,唯美得让我产生一种期待,感觉在这里她会接受我的亲吻。

"请问,你是干那个的吧,是搞写作的吧?"

那个女人很不礼貌地凑过来搭话。我并不算知名作家,但由于经常接受杂志采访,所以多少有一点知名度。那个女人大概四十多岁,戴着眼镜,头发蓬松,穿着一件十分醒目的红色外套,但是从外观就能看出是低档货,脚上的长筒靴也很破旧。她的外貌我已经完全忘记,是那种十分平庸的长相。

"那是你女儿吗?"

女人从下到上扫视着真理子，目不转睛地盯着她。

"不是我女儿。不好意思，这里快关门了，我们先告辞了。"

我拉着真理子的手，匆忙要躲开那个女人。哈德良别墅的庭院十分宽阔，遗迹星星点点地分散在巨大的草坪上。那个女人好像在跟踪我们，或者似乎为了阻止我跟真理子接吻，一直尾随着我们。她也许无法忍耐心中的怒气，用积攒的辛苦钱预订到一个便宜旅游团，刚一进入这个期盼已久的观光遗址，就碰到了我们这对情侣。一个身穿高档外套的中年男子，和一个貌美如花的少女。她脸上的表情里，明显透露出一种容不得别人幸福的嫉妒心。

无论走到哪里，都能看见身后跟着那个穿红外套的女人。"真难缠啊。"真理子笑着说道，我也怒上心头。错失了与真理子热吻的机会，浪漫的情趣也荡然无存，真倒霉！这次旅行总是遇到类似的麻烦。我在西班牙广场附近订了一家后现代风格的超高档酒店，和真理子各自住在不同房间。虽说心怀鬼胎，但每天晚上都伪装成正人君子，只是临睡前在她脸颊上轻吻一下，然后就各自回房间入睡。几乎每天都想约她同床共眠，但我还是犹豫再三。每天，我都和她在我套房的阳台上吃早餐。置身于阳台上，罗马街道一览无余，这里的早餐别具一番风味。但是第二天，就被电视节目组来给我送当天剧本的工作人员目睹了这一幕。因为有女性在我房间里，所以我敞开了房门。那个年轻的女性剧组人员惊慌失措地反复向我道歉。我说没什么好道歉的，但这听起来似乎是在辩解。节目的主演与剧组人员不同住一个酒店，带着一个妙龄女演员住超高档酒店，还一起吃早餐，而且打扫房间之前，床单还乱糟糟的，这场景即使我再解释我们的确是分房睡的，也肯定没人会相信。不过，我觉得到现在为止，甚至将来，我和真理子都不会有男女之间的关系。比起去罗马的时候，我已经更加衰老，而且一旦错失机会，性欲这个概念和行为就越发变得不自然了，我深知其中的道理。

"不过。"

真理子脸颊有些泛红，低声嘟囔着说。

"我们最终能够结合，还是该感谢那位穿红外套的阿姨。"

她在说什么胡话！我们可一次都没做过。只是牵过手，亲吻过脸颊而已。

"那天夜晚，我们一直谈论那位阿姨，情绪高涨，然后您就给我买了一瓶科隆香水，我特别高兴。我们还喝了很多香槟，我第一次体验被人抚爱。所以，我们俩有今天，我觉得多亏了那位穿红外套的阿姨。"

"你等等，"我打断了她的话，"我们从来没做过。"

听我说完，真理子笑着重复说道："我们做了很多次啊。"

我感到有一点晕眩。感觉有什么地方出现错位。时间地点，还有记忆，很多因素混杂在一起，交叉错位，异样的感觉席卷全身。首先，她要带我去的地方是现在已经不存在的"瑟堡"。也许这个女人并不是真理子，可能是虚拟的人物，我第一次产生这样的怀疑。

4

"我们乘电车去吧。"

真理子向着公园出口边走边说道。电车？这附近既没有车站，我也从不乘电车，这一点真理子应该知道。难道她打算走去车站吗？如果去"瑟堡"，坐出租车更方便。我踩着地毯般柔软的银杏落叶，紧随着真理子的背影走去。夕阳的光线透过树枝的间隙一缕缕地洒满大地，我突然发现一件奇怪的事，真理子没有影子。云间的夕阳之下，我修长的身影一直延伸至路边的花坛。可是，在阳光普照之中，真理子脚下却没有影子。

"喂，你稍微停一下。"

我叫住她，真理子便回过头来。就在这时，天空突然阴沉下来，地上的影子一瞬间都消失了，淡橘色的彩云布满晴空。我无法再去确认真理子是否有影子，那也许只是我的错觉，也可能只是林荫和街灯的影子重叠交叉，再加上夕阳的微弱光线，导致影子的轮廓模糊不清。

"怎么了?"

"这附近没有车站，不能乘电车。"

"谁说没有电车，你看那儿。"

真理子微笑着望向石板铺成的小路。我顺着她的视线望过去，几乎迷失在梦幻之中。那里横躺着一辆玩具电车。玩具是铁皮制的，油漆剥落，茶红色的铁锈密密麻麻，外观锈迹斑斑，不知道是谁丢弃的。这时，突然画面和解说断续地在脑海中交叉闪现，浮现出一段影像。这个公园的林子里住着许多流浪汉，到处都是蓝色塑料布搭建的帐篷。其中一人舍不得丢弃童年时期喜爱的电车玩具，也许那个人本身就是一个喜欢古董铁皮玩具的人，到哪里都随身带着它。他可能前几天去世，其他的流浪汉搜刮走值钱的东西，可是谁都对这个破旧的铁皮玩具电车不感兴趣，便随手抛弃在这里。

有一些东西，有时让我很着迷，有时却不知为何又让我感到恐惧。譬如说小孩子的玩具汽车。记得有一次，我深夜从千叶乘出租车回东京，途中遇上堵车，司机烦躁难耐，开始和我闲聊起来。他说孩子奶奶给他四岁的儿子买了一辆小三轮车，孩子每天在家里骑，把房间的榻榻米都糟蹋了。孩子他妈每天不停地唠叨，自己都快要抑郁了。司机一边讲一边从后视镜望着我。"孩子小嘛，没办法。"我随便应了一句。随后脑海中便浮现出四岁小孩在家里骑着三轮车的情景，榻榻米的确会磨损，不过想起来也挺可爱，便不禁微笑起来。可是就在这一刻，我看向后视镜里的司机时，眼前却浮现出了一幅诡异的场景。一个狭小的房间里，悬挂着一只电灯泡，一个男人挤在一个出租车而非三轮车模样的玩具车里围绕着房间转圈。那个男人就是眼前这位出租车司机，戴着帽子的脑袋和上半身大小不变，只有下半身缩成了小孩的身型，一对如同被晒干的小赤脚，拼命地踩着玩具车的脚踏板，口中不停地说着："先生，是到赤坂对吧？这路堵得太厉害了，不知要等到什么时候，从下一个出口出高速，从下面走怎么样？"司机和玩具车的影子呈放射状，扩展到榻榻米的各个角落，司机不停地踩着脚踏板，满脸大汗。那个小房间里没有我的身影，但是我很肯定他是在对我说话。这场景仿佛是噩梦，但又并非一场梦。现实扭曲了，这种扭曲后的现实场景经过编辑后再次浮现时，我已经无法控制它。

真理子望着我，脸上一副惊讶的神情。我刚想去捡那掉在石板路上的玩具电车，却发现它已经不在了。

　　"刚刚这里的那辆玩具电车去哪了？让谁捡走了吗？"

　　我这样问真理子，而她却摇着头说："没有啊，我没看到。"刚才真理子向我示意车站时望向的那条小路上，确实有一辆生锈的铁皮玩具电车，不过我的记忆已经模糊不清了。也许是在我回味出租车司机开玩具汽车的幻觉时，记忆变得交叉错乱。"真要命，又来了。"我在心中自言自语道。每当我看到这种刺激性的幻觉，记忆变得模糊时，眼底里就会出现异样的光束。这种光束一般呈三道，形状各异，以放射状向周围扩散，而且排列整齐。

　　这三道光束最终形成三块光屏，上面播放着各种各样的场景。一旦出现这些光屏，我就会有一种脱离现实世界的感觉。这并不意味着现实世界就此消失，这期间即使有人和我说话，或向我提问，我也都能应对自如。从光屏深处可以听到人讲话的声音，光屏后面则可以清晰看到现实的风景。只是这种光屏有时候会发出特别闪耀的光束，每到那时，我便会陷入一种被囚禁在光屏深处的感觉，但总之不是进入另一个世界之类的那种神秘莫测的感觉。这三道光束从我刚记事起就曾出现过。在我年幼的时候，父亲是画家，兼做美术老师，他在远离市中心的一处森林里建了一间画室，上小学之前，我们一直在那里生活。那里四面都是小山丘，我们的房子就搭建在那中间狭窄的平地上，房子风格像林间小屋。我的童年就在那片宽阔的林子里度过，每天捉虫、追鸟、爬树、摘果。但是，这片林子一到晚上便一片漆黑。有一天晚上，妈妈像往常一样背着我走着山路回家，那时我想起了祖母对我讲过的一番话。祖母是一名虔诚的佛教徒，有一次，她背对着战死的叔叔的遗像对我说道："世界分两种，一种是活人居住的'这个世界'，另一种是死人居住的'那个世界'，只有少数特别的人可以在这两个世界自由穿梭。"

我趴在母亲的背上想，我现在所处的是"这个世界"还是"那个世界"呢？当时想问母亲，但又怕她告诉我说这里是死人居住的"那个世界"，所以十分害怕，欲言又止。没过多久，我们走出了这片漆黑之地，月光笼罩在眼前的大地。我看到细长细长的叶子随风摇摆，便妄下定论："'那个世界'是不会有这种叶子的!"于是，我把手伸向那些叶子，打算撕几片试试手感。可是，树叶富有弹性，任我怎么撕也撕不断，我的手上还划出一道伤口，十分疼痛，但我没敢吭声。我担心母亲为此而停下脚步，害怕在这漆黑之夜一旦停下来，世界就会切换，切换到"那个世界"。我能感觉到右手已经淌满鲜血。

疼痛为我划清了身体和外界的界线，当我意识到这一点时，仿佛突然有一道聚光灯从上空照向我一样，白色的光束出现在眼底。最初是一道，紧接着左右又各出现一道，一共三道。"这是什么？"我内心恐惧，紧闭双眼，可是光束不但没有消失反而越发耀眼，紧接着微微闪烁了一下。"还挺漂亮的啊！"当我刚闪现这个念头时，浑身上下突然充满了一种前所未有的感觉，仿佛全身被幽香的羽毛包裹着。那种感觉点燃了我的性欲，下身喷出一股热流，同时也唤起了我伤感的回忆。我想起了不久前病死的小狗，它叫陌陌。就在这时，中间那道光束里面出现了生前的陌陌，影像十分清晰，它向我跑来，摇着小尾巴伸出舌头想舔我的面颊。我回忆起了它柔软的身躯和小手的触感。"原来你还活着。"我喃喃地自言自语道。"你刚说什么？"妈妈问道。"妈妈，陌陌还活着呢！"我兴奋地叫道。妈妈肯定不知道我在那道光束里和陌陌重逢，她可能以为我在说梦话，因为我趴在妈妈背上经常会打瞌睡。"我知道。"妈妈温柔地应道。

"狗也好，人也罢，他们死后依然活在我们的心中。"

这三道光束就是这样出现在我的脑海，我无法召唤它们闪现，这些光束总是在不经意间出现，就像做梦，但又不会在我熟睡时出现，我也不能选择光屏上的影像。有时候是美好的回忆，有时候会让我陷入不安和恐惧。这些光束有时候一天出现几次，而有时候则连续几个月，甚至一两年也不出现一次。小时候我喜欢沉浸在光屏上的影像之中。时而会出现十分恐怖的影像，但我知道那不是现实。而且在潜意识中，你会感到这就像有朋友要来你家玩时，你会觉得十分开心，饶有兴趣。浮现的影像虽然都是基于我自身的记忆和想象，但就像拆封从远方寄来的信件一般，令人兴奋。

在我刚上小学的时候，有段时日好几个月都没有看到那些光束。这种事情还是第一次。"为什么会这样？"我开始焦虑起来。我想起趴在母亲背上手被树叶划破出血时的情景，便拿起爸爸的剃须刀，割了一下自己的手掌。淡淡的血丝渗了出来，不过光束没有出现。我终于明白了，这光束我无法让它产生，只能等待它出现。那时候我还以为这光束每个人都见过，于是我有一次跟一个好朋友聊起来，却招来一句："你有病吧。"从此以后，我再也没和任何人提过这件事。

"几年前的平安夜，因为实在拦不到出租车，我们一起乘了电车，您还记得吗?"

我听着真理子的声音，圣诞树的装饰品闪现在我眼前，再现在这光束之中。那一幕唤醒了我模糊的记忆，我们好像是乘了电车，确实是在平安夜。

"您还记得电车的样子吗? 车上的人全都背对着我们，那电车已经很旧，我就觉得奇怪，因为我从来没乘过这样的电车，很害怕，所以记得很清楚。您还记得吗?"

"嗯，好像有这么回事。"我话音未落，便感受到强烈的光束，浮现出当时电车上乘客的样子，他们全都背对着我们，这段影像使我十分清晰地回想起当时的情景。

"马上就到车站了，那辆电车还会再来。"

当我回过神来时，已经走出公园，来到车站。在我沉浸在那三道光束之中的时候，现实并不会脱离，只是会变得有一些模糊。周围的风貌、人物，我只能透过光屏看到，真理子的影子、地上的玩具电车之类都忘在脑后，我不知不觉地穿过了小路，走出公园，来到车站。

"您知道我为什么一直挽着您的手臂吗? 因为看您一直在做梦的样子，而且好像还是美梦!"

我知道我并不是在做梦，但我没有反驳她。我不打算再跟任何人提起这三道光束。站台上的人也都背对着我们，既没有人看向我们，也没有人转过身来。我们走进车厢，已经很久没有乘过电车了，车内十分拥挤。我们俩面对面站在车门口，侧靠在扶手上。这辆电车是橘红色的，不知道中央线的电车现在还是不是这个颜色。"这辆车是中央线吧？是上行线吧，开往东京站吗？"我开口问道。"不是，您看！"真理子低下头环视周围。车内挤满了乘客，全都背对着我们。由于人太多，看不到坐在座位上的人，我们周围的人都背对着我们。他们有的看报纸杂志，有的玩手机，还有的在聊天，但都背对着我们，看不到面部。

　　"我们正在倒退，回到过去!"

　　我以为真理子又在开玩笑。我们并不在想象中的世界里，也没有产生幻觉。我刚才似乎还在公园里，和她挽着手臂走着来到车站。我确认了一下手指和鞋底的触感，手指抓着金属扶手，脚也扎实地踩在电车地板上。只不过这种事以前也曾经发生过。感觉就像你察觉自己正在飞往陌生的地方，这并不是精神错乱，也不是脱离了现实，更不是被某种想象所支配。高速移动的不是意识和感觉，而是我的身体。有时像坐在汽车、轮船、飞机那样的交通工具上，有时像在公园或马路、酒店大堂或房间，那种生活中常见的地方。有时候是我自己在风景中飘移，有时候是风景在我身边流动。每到那时，我的脑海中总会浮现新的创作灵感，在这飞翔的过程中，我的视觉和听觉以及记忆都混合交织在一起，重新剪辑，重新组合。

"他们的服装和随身物品都变了。"

背对着我们的乘客们出现了变化，他们的羽绒服、手机、名牌包、高跟鞋，以及染成棕色的头发、美甲装饰、耳钉都消失不见了。周围人都换上了质地粗糙的外套、破烂的鞋子，还有人在入冬季节脚穿塑料凉鞋。

"我们在这下车吧。"

在人潮涌动中我们下了电车。在检票口，我们把票递给了站台工作人员。我回过头发现，在一块木板上写着"千驮谷"。前面是一条林荫道，一个手提破旧书包、头戴帽子的男人和一个用头巾遮住面庞的女人，他们并排向前走着。我们只看到他们的背影，看不到面颊。男人有时用手摸着帽子，女人在寒风中不断地向双手呼气暖手。女人终于开口了："喂，我们到底上哪儿去呀？""要不就去涩谷逛逛吧。"男人说道。这是似曾相识的情景，我感觉自己肯定在哪里听到过这段对话。我随即停下脚步，凝视着二人慢慢走远。一阵寒风吹过，落叶纷飞起舞，我仿佛听见了一阵音乐，曲调催人泪下。我终于明白了，二人根本无处可去，无论他们走向何方，也不会有什么终点。我看着他们并排走着，直到身影越来越小。不知为什么，二人迷茫的背影弥漫着淡淡的忧伤。已经走远的二人，就在这时突然停下了脚步，转过头来。因为相隔一段距离，我看不清他们的表情。男人摘下帽子，向我们点头致意。双手插在外套口袋中的女人，好像在对我们说着些什么，但听不见她的声音。但是，我收到了某种类似信号的东西。女人仿佛在我耳边轻声说道：

"我们失去了感知悲痛的能力。"

"悲痛"是我们活在这个世上不可或缺的感情。每当深爱之人离去，我们为了在错综复杂的记忆深处将他们铭刻而处于悲痛之中。通过感知这种悲痛，我们才能理解自己失去了什么。"现在我们失去了这种感知能力。"围着头巾的女人试图告诉我。

"我们去那家店吧，就在那儿。"

她所说的那家店就是"瑟堡"吧。

"对呀，大家都在，下了台阶看看你就知道了，大家都在。"

大家指的是谁？我还没问出口，真理子已经独自一人走进路旁的一座楼里，站在店门口的楼梯边上。那家店跟我印象中的"瑟堡"略有不同。店门并不在石板台阶的半坡上，而是在木板楼梯的地下。我犹豫了一会儿，最终还是拒绝了她。

"不好意思，我今天有点累了。"

"没事儿。"真理子微笑着。

"随时欢迎，那我自己进去了。"

"好的，过几天我们还能见面吗?"

"当然可以。"

真理子微笑着走下楼梯，墙上贴满了小广告之类的纸片，令人感到不可思议。

第二章 「东京物语」

1

"搞清楚了吗?"

和真理子见面之后,我在酒店里写作了一天就回家了。其他的猫咪都不理会我,懒洋洋地躺在一边,只有塔拉像期盼已久那样,坐在桌子旁边注视着我。它是一只母猫,却一副高傲的样子,仿佛在对我说:"搞清楚了吗?"当然,不是塔拉真的会讲话。只是我自身无意识地感觉到的而已。但是我确实对这只猫传出的信息做出回应,就如同自问自答一样。只是以猫当媒介,这样似乎更加自然,更加正常。

"正常? 你的脑子里想什么呢?"

为什么这个家伙讲话这么没有礼貌？不过它只是单纯地作为我臆想的媒介，应该是我自己说话没有礼貌。如此看来，把猫作为媒介自言自语，似乎确实不太正常。

"见到那个女人了吗?"

真理子走下楼梯，身影消失之后，我独自站在路上，闻了闻风衣的袖口上飘散着的她的香水气味。没有气味能够证明真理子刚才确实在我身边。我走到大街，搭了一辆出租车回到酒店，路上的街景依然如旧。人们并没有背对着我，也没有一个人穿着像战败之后质地粗糙的外套。回到酒店之后，本想给真理子打个电话，可是无论她接还是不接，我都会感到精神紧张，于是便作罢。

回到酒店，现实世界又慢慢返回到我的脑海。看到熟悉的房间、家具、睡床、浴缸，随手拿起洗发露，一切都与往常相同。打开电脑的邮箱，跟平常一样，收到了大量的垃圾邮件、工作邮件和私人邮件。心中油然升起一种亲切感，令人觉得不可思议。像刚从远方归来似的，有一种出远门旅行之后回家时的那种恍如隔世的感觉。我只是在附近的公园散步，然后乘坐电车，在林荫小路徘徊，却感到长途旅程结束后的疲惫以及回家后的安心。

"那天，和那个女人见面，回到酒店之后，检查过电脑的邮件吗?"

这家伙,不,我自己为什么会突然问起邮件呢?

"有一封奇怪的邮件吧?"

听到这句话,我自身有意识无意识地产生出一种不祥的预感。就像眼前突然出现一个不想见到的东西,或者脑海里突然浮现一个伤心的回忆一样,顿感心惊肉跳。

"你想把见到那个女人的事逐渐淡化。你应该经历了各种各样奇妙的遭遇,那到底是什么?究竟意味着什么?你的神经是否正常?那个女人所说的是否正确?最根本的是那个女人真正存在吗?你在寻找各种正当的理由去淡化这些问题。你认为这是偶尔会出现的现实世界渐渐模糊,臆想和现实,以及以前看过的电影和现在的风景混杂重合在一起,以某种奇异的形式经过编辑后形成的影像,你用这个借口去淡化这些问题。你并不是想去忘记。因为人要有意识地忘记棘手的事情就很难进行写作。不过,的确好像有一封奇怪的邮件。邮件名称十分奇特,你连看都没看就直接移到垃圾箱里。不过,现在还留在垃圾箱里,应该看一看。虽然内容怪异,且具危险性,但你应该读一下,你自己也十分明白应该看。"

如鲠在喉的感觉逐渐扩散到全身。确实有一封奇怪的邮件,我还记得。这种记忆深刻地留在意识之中。

　　那个邮件名令人厌恶，我直接删除移到了垃圾箱里。

　　"来自死者的邮件服务"。

　　就好像低级的恐怖电影那样，让人觉得恶心。发件人地址也类似于其他垃圾邮件，我根本没有兴趣查看内容便直接删除了。

　　"你是不敢看吧？"

　　并不是不敢看，而是感觉恶心。

　　"那不还是一样吗？你知道你为什么不敢看吗？"

　　我对描述人死后世界的迷信电影和书籍特别厌恶。记得小时候，祖母经常讲起"这个世界"和"那个世界"之类的故事，其实我并不喜欢这种话题。因为厌恶，反而记忆深刻。我虽然称不上是自然科学方面的专家，但是以前写作流行疾病席卷世界这类主题的作品时，读过很多关于分子细胞生物学和免疫学的书籍，采访了很多专家。无论从作品上还是从交友方面，尽量不会接触不符合逻辑的东西。

　　"既然厌恶，为什么还会留下记忆呢？"

　　那是因为我父亲。父亲三年前去世，我们父子关系并不和睦。他是一个反抗世俗的人，兴趣是摄影，有一架德国的双眼反射式照相机，主要用来拍黑白照片。在故乡九州的小镇上偶尔举办个人摄影展。我并不讨厌父亲，只是我们性格合不来。我本是一个内向的人，不太喜欢社交。父亲却恰恰相反，他从我小时候起就时常让我改变孤僻的性格，要我多和别人交往。记忆最深的就是解释"人"这个汉字，他经常说："你看一下，'人'这个字是怎么写的？"

"人不是孤单的，人需要和其他人相互交流。所以说，活在这个世界上是需要社会和交流的。人是无法孤独生存的。"

道理没错，但我由于父亲反复唠叨而产生了厌倦。我的内向孤僻不但没有改善，反而更加严重。离开故乡以后，就基本上和父亲中断了音信。

几年前，他患上心脏病，经常住院治疗，那时候每次回去探望，总是无言相对。三年前的秋天，突然收到病危通知，我急忙赶到医院。红砖围墙的医院中，红叶满园，十分壮观。父亲已经无法讲话了，但是他一直凝视着我，嘴唇微微颤动，似乎要说些什么。最终我没听到他的遗言，但是我明白了他的意思，就是"我对你最后还有一些嘱托"。

在垃圾箱里找到那封"来自死者的邮件服务"，我打开邮件。

承蒙关照，您有一封重要的通知。鄙人名叫加世子，我为您带来了令尊对您的一些嘱托。请咨询那位女士。虽然不能奉告其名，但您应该知道。其实，我昨天看到您和那位女士在公园徘徊了很久。这封邮件无法回复，敬请您谅解。

顺颂大安

2

这是一封令人讨厌的邮件。内容像是典型的垃圾邮件。虽然上面写着"令尊"，但并没有写明父亲的名字。"那位女士"也是一种含蓄的表达方式，根本无法确定到底是谁。但是，我突然发现，我为什么会通过塔拉才注意到这封邮件并从"垃圾邮件"里找出来呢？那个时候，我和真理子道别后回到酒店的房间，也记不清是否看过这封邮件。垃圾邮件为了让人开封，阅读并点击它们的链接，有时会在"邮件名"和"发件人"这两项下很多功夫，其中大部分都与性爱和金钱相关联。"现在爱抚我，我为你准备了7000万日元！""虽然本人是一个啃老族，但年收入已经达到1亿！""你是不是以为没有赛马必胜法则？""那个★器官真的增长了10 cm！"

然而，从来没见过"来自死者的邮件服务"这种邮件名。

虽然有可能是骗人的性灵宗教或者新兴宗教之类的东西，但确实有诱惑力。也许是因为"死者"和"邮件服务"这两个常见的词汇被简单地组合在一起，令人感到意外，所以才能给人留下深刻印象。我用邮件名检索了一下，没有发现这样的服务公司，只有几个类似"死者发来的邮件"之类的喜欢猎奇的个人博客。发件地址也肯定是胡编乱造的。而且还郑重地声明"这封邮件无法回复"。当然，我也从来没见过"加世子"这个名字。

真的只是单纯的垃圾邮件吗？我正想把它放回垃圾箱里，但当我重新又读了一遍时，目光停留在一个地方，顿感一阵心跳。

"我昨天看到您和那位女士在公园徘徊了很久。"

这究竟是什么意思？如果"那位女士"指的是真理子，那就是我的精神产生了混乱，被幻觉或者白日梦所控制，把虚幻当作现实，实际上我并没有乘坐电车，仅是两个人在布满银杏落叶的公园里徘徊了很长一段时间。虽然不知道发件人是何方人士，但是她想说明自己看到了当时的情景。的确，无论是在公园里，还是在那之后，我都目睹并亲身感受到了莫名其妙的事情。而且，邮件里写着"昨天"。距邮件发送时间已经经过十二个小时左右，以此为基准的话，和真理子见面时间确实是"昨天"。

然而，有一件事显然是真实的。那就是在"瑟堡"店前和真理子道别后，我走到大街，搭了一辆出租车。坐上电车后，周围的人都是背影，服装和随身物品变化，不知不觉走到林荫大道上的车站，偶遇二战后打扮的一对情侣，从他们那里收到类似信号的东西，我的意识在不断变化，但是，只有坐出租车的经历记忆犹新。汽车驶过哪条大街，途经何地回到酒店，记忆多少有些模糊，但途中遇雨，车窗布满水珠。我觉得水滴很美丽，而且，窗外的街景依旧，路上的行人也十分正常。既没有看到周围人都是背影的奇异情景，也没有像二战结束后那样装束的人群。

　　令人感到饶有趣味的是，司机认出了我，他对我说："抱歉，您是作家吧？"虽然只是简短的对话，但我记得十分清楚。他对我说很久以前，他曾经载过我。当时是从银座到赤坂，我和一位漂亮的女性一起乘车。他的语气很温和，似乎不是喜欢闲聊和刨根问底的那种人，这一点令人对他产生好感。"是吗？"我应了一声，对话就此结束了。名牌上标注着司机的名字，虽然只有姓，但我仍然能清晰地回忆起来。他姓"秋冬"，这是一个十分少见的姓氏。

　　我坐了出租车，因此至少离开了公园。公园离酒店很近，一般不会考虑坐出租车。因此，"在公园徘徊了很久"这句话并不是事实。这是一封低级趣味的垃圾邮件，也许只是在意邮件名吧。我这样想着，把那封邮件再次放进垃圾箱里，然后把光标放在"清空垃圾桶"上。这时，突然，一股不祥的预感涌上心头，按在鼠标上的手指动弹不得。仿佛是那封邮件发出的信号不让我删除一样，让人心惊肉跳。

　　我又看了一眼塔拉，但它不搭理我。它并不反馈我的想法，我自身的意识完全是空白。"您和那位女士在公园徘徊了很久"这句话一直回旋在脑海中，挥之不去。我应该联系真理子确认一下吗？我突然想到就是现在，不用短信，而是直接打电话确认，但我不敢拿起自己的手机。真理子会如何答复呢？无论她说确实只是在公园里徘徊了一番，或者说从公园出来坐电车回到了过去，这些都会引起混乱。我感觉仅听到真理子的声音就会忐忑不安。

　　是否在公园里徘徊了很长时间，现在已经不是重点，所以不需要联系真理子。问题是出租车。如果确认乘坐了出租车，我就可以从"来自死者的邮件服务"中解脱出来。

　　我翻看发票。为了记账，我一直保存出租车的发票，无论金额多少。发票按月分别装在信封里。只要有那天的发票，就能肯定我坐了出租车。其实都不用确认日期和出租车公司，有最新日期的出租车发票就可以，因为从那以后我就没坐过出租车。发票很快就找到了。日期也符合，那是一家现实中存在的中型出租车公司。我喃喃地说："果然坐了出租车。"但奇怪的是我仍然不放心。我目不转睛地凝视着发票，并没有什么奇怪之处。同其他发票的尺寸和字体几乎一样。然而不知为何，我的心烦意乱难以平息。

不久，我便给出租车公司打了电话。如果知道日期和车牌号码，就一定能查出乘车地和途经地。一位听上去是负责接待的女性接了电话。当我报上姓名和职业之后，她说："请稍等一下。"然后响起了舒伯特的《摇篮曲》，不久，我听到电话传来"让您久等了"，一个自称是常务理事的人接了电话。

"喂，您能告诉我车牌号码吗？"

当我告诉他发票上的车牌号码后，他惊叫了一声，然后便陷入沉默。当我催促他时，他咳嗽了一声，回答说："这太奇怪了。"

"那个车牌号码，已经不是我们公司的车了。"

我又告诉他"秋冬"这个姓。于是，他低声地呻吟了一声，又沉默了一阵，然后自言自语道，真奇怪！

"那个，叫'秋冬'的司机，是我以前的同事。不过，已经不在了。大概是几年前了……请稍等一下。"

男人应该在问别人："喂，记得秋冬辞职是哪一年吗？哦，知道了。"然后，他又回到电话里。

"那是十二年前。因为肾脏不好，不过听说他很久以前就死了。他是一个怪人。因为举止怪异，所以我记得很清楚。他经常说什么来着，脑子里有时有很多灯光。啊，不是棒球比赛的外场右翼选手的意思，是指照明的灯[1]，有时会从上面垂下来点亮。那时，灯光里还能看到很多奇怪的东西，我听到他好几次这样说。"

3

令我费解的是，我并没有感到特别惊讶，也并未惊慌。那个常务理事不可能撒谎，因为没有那个必要。手里有发票，我确实乘坐了出租车，所以我觉得可以否定"来自死者的邮件服务"里"在公园徘徊了很久"这句话。但是，假如没有在公园徘徊，而是离开公园去车站，那么和真理子一起乘坐电车时车内发生的事，以及出站以后的事就更没有道理了。据真理子所说，那辆电车朝反方向行驶，乘客也都仅是背影，不知不觉周围人都变成了战后的装束，那究竟是怎么回事？

---

1 日语中，"right（右）"和"light（光）"的发音一样。——译注。下同。

假定那是现实中发生的事，那就更令人费解了。如果只是绕着公园徘徊，记忆就会发生混乱，或者做白日梦的话，倒还容易理解。即使听到发票上记载的车牌号的出租车并不存在、姓"秋冬"这种稀奇姓氏的司机也早已去世，也都丝毫都不感到担心了。

那种想法，来源于对父亲的记忆。临死前，父亲好像要对我说些什么。根据"来自死者的邮件服务"，发件人似乎知道父亲留下的口信。我一定是不禁十分好奇父亲到底想说些什么，所以才没能删除那封邮件。我感觉到那封邮件仿佛在对我说："不许删除。"

今后该怎么办？当我从凝思中回过神来时，发现塔拉在注视着我。

"你不是全都知道吗?"

当然，这不是塔拉的话，只是反射我自己的意识而已。有什么事是全都知道的呢？大概塔拉不仅通晓我的意识和情感，还能捕获我潜意识中的记忆和想法。

"什么潜意识？别搞笑了！应该你自己思考，但是你却不认真，所以我才这样教你！我看不到你的潜意识，也没兴趣看!"

"你应该明白。"

塔拉把这句话传达给我。

"究竟是你有问题，还是外部世界有问题，你应该弄个水落石出。"

没错！当我和真理子见面的时候，以及那之后，我都很混乱，十分不安，我不敢正视那些异常现象，也不愿承认自己的精神不正常，只想用各种方法排除异常。我是否陷入精神混乱？是否患有精神科医学方面认为需要治疗的疾病？我应该去咨询那个年轻的心理医生。先用邮件预约，如果可能的话，明天就去就诊。"喂，塔拉，你是不是想说这些?"

"在那之前，最好确认一下。"

塔拉避开了我的眼神，似乎在催促什么。

"最大的谜团是什么，你知道吗?"

全部都是谜团，分不出最大还是最小。

"其他的是记忆和想象，只有一个，一个具体的外形。你像笨蛋一样焦虑，拼命去找，你应该能找到，眼能看到，手能摸到!"

是发票吗？这么说来，找发票的时候，塔拉在睡觉，停止了传递信息。

"再看一次，不就行了吗?"

发票就在手边，刚才给出租车公司打电话之前，已经仔细看了很久。

"你太毛躁。说到日期，我看到你只是拼命地盯着日期，你注意到日期是哪一年吗？"

我又重新查看发票。真难以置信，竟然是2011年。不过，这不可能。会计曾经反复叮嘱我，发票要按照月份分别放进信封里分类整理。2011年的发票放进最近的信封里，这真的很奇怪。而且，是放在一沓发票的最上面，最容易找到的地方。

"你下车的时候拿到发票，当时就把发票放进信封里了吗？你平时出门带着那个信封吗？"

我平时不可能出门带着发票收据的信封。

"那你拿到发票，然后怎么办？"

要么塞进钱包里，要么放进上衣或者裤子口袋里。

"你有几个钱包？有几件西装、几条裤子？"

钱包有几个，西装和裤子的数量难以计算。

"你晚上主要是出去吃饭才打车。回酒店和家里都很晚，而且一般都喝得烂醉。"

塔拉到底想说什么？

"从很久没穿的西装上衣口袋里掏出几年前的发票，没有确认日期，就塞进信封里，这样的事迄今为止一次都没有吗？"

想起来了，以前会计曾经说过好几次，这张发票不是今年的，不能报账。如果是 2011 年的话，那个出租车公司的常务理事也许会回答这个车牌号码的车还在。但是，这种偶然性实在令人费解。年份虽然是 2011 年，但是日期相符，是和真理子见面的那天。

"你啊。"

塔拉又朝向我，目不转睛地盯着我说。

"你真的见过那个叫真理子的女人吗?"

"我记得以前曾和您说过，在第一次给您诊断的时候。您当时说吃饭以后会感觉心跳得厉害。"

年轻的心理医生特意来到我常住的酒店附近。他好像在酒店附近的写字楼里工作，一周一两次作为公司特聘医师提供心理咨询。他利用中午休息时间到酒店来看我。我建议不在我常住的酒店房间，而是去酒店和写字楼中间的东京都市政厅旁边的小公园见面。我觉得在外面的公共场所见面，心情会比较舒展。那里是一个很安静的地方，公园里有一件金属的艺术雕刻，还有宽大的圆弧状大理石长椅。那天从早上就开始下雨，临近中午雨停了，长椅还是湿漉漉的。我拿出纸巾擦拭长椅表面，心理医生静静地在一旁看着。

"是的，现在已经完全好了，那时候确实会出现饭后心跳加速的现象，我担心是心脏机能紊乱，所以向您咨询。"

"我当时怎么答复的，您还记得吗？"

"嗯，记得。您说吃饭时，或者饭后，从口腔到肠胃，体内在分子级别上会产生无数的化学反应，这些反应会刺激交感神经和副交感神经。是这样说的，对吧？"

"对。只是吃饭，就会产生这么多的化学反应，大脑内部的化学反应更加复杂，目前还有很多未知的部分。现在，我们先说已经明确的部分吧，您有时记忆模糊，有时觉得神经紊乱，因此十分紧张，担心会不会影响健康，但是我认为您并没有病。对不起，坦率地说，按照您的年纪，精神失常的发病率很低，不必顾虑。如果是严重的抑郁症，偶尔也会出现幻视和幻听的症状，不过以前我曾对您说过，您不是抑郁症。抑郁症患者一般不可能去擦淋湿的长椅。"

原来如此，难怪我在擦拭长椅的时候，他一直在一旁注视着。

"顺便提一点，我认为您的主要工作，应该是想象，您觉得呢？"

的确如此，我通过想象来创作作品。

"想象和现实之间的界线变得模糊。我认为这种现象很正常。所以，您刚才所说的电车里见到的奇异场景，也许是以前您看过的照片或者电影之类的画面留在记忆里，这些记忆经过重新加工，产生出想象的世界。另外，比如那个姓"秋冬"的姓氏浪漫的司机，大概以前您曾经坐过他的车。关于脑海里出现的所谓灯光，他原先的同事都记得，说不定您乘车的时候曾经聊起过，而且和您的光束也很相似。所以，'秋冬'这个姓氏，很有可能是深藏在脑海深处的记忆。"

确实有可能。

"但是，有些事我也不明白。"

心理医生低下头，沉思了一阵之后，继续说道。

"就是那个叫真理子的女性。真理子这个女性是否真的存在，需要重新确认一下。"

4

通过塔拉中转，我也曾自问："我是不是真的见过真理子?"

"不过，与现实中不存在的女性见面究竟是怎么回事? 是幻觉、幻想或者梦境之类的东西吗?"

心理医生露出一副为难的表情，他瞟了我一眼，否定了我的推测。

"您是不是一边想象一个场景，或者在头脑中组织一些话语、影像与声音，一边写作?"

确实如您所说，难道是我分不清想象与现实吗?

"并不是您所说的那样。首先，大多数人都是和家人、朋友还有同事一起在一种单一和单纯的单位中生活。而您的大脑则是以想象为核心，就像是构造复杂精巧的镶嵌工艺品一样。如果其中一个部件脱落，其他部分也会受到影响。我不是说这是病，我是说过度的想象会将现实淹没，就是这个道理。我说的是不是比较难懂？"

不，我能理解。心理医生非常了解我，也许说不定比我自身还要了解我。

"简而言之，过度想象有时会掩盖现实。您以前一定见过真理子吧？"

当然见过。我们以前经常见面，而且还一起去罗马旅行。目睹东京市政厅大楼旁边小公园周围的树木，我突然想起了罗马郊外的橄榄树林。橄榄树叶正反面的绿色略有不同，所以在阳光的照耀下整个树林看上去有一种神秘感。我清楚地记得和真理子说后，她应声道："是啊，真漂亮！"

"我明白了，真理子这个人无疑是现实存在的。不过，我认为应该确认的是这次和您在公园见面，并一起坐过电车的女性，与一起去罗马的那个真理子是不是同一人物，以及她是否真的在公园和电车中存在过。这次您跟她见面前是怎么联系的？电子邮件吗？"

应该是电子邮件。

"你们已经见面，所以她一定给您回信了。"

"好久没见，我也想见您。"她在回信中这样写道。

"现在可以让我看一下那个邮件吗？"

我只用电脑收发邮件。我整天都对着电脑写作，没必要特地去买高端手机来收发邮件，而且我也不习惯用手指去操作那个小屏幕。我从来只用键盘打字写文章，因此真理子的邮件也在电脑的信箱里，现在无法确认。但真理子回信是用手机发来的。为了便于整理收件箱，我一般不会保存用手机发来的私人短信。因为我每天都会收到上百封工作方面的短信，而且基本都附带图片或视频，下载解压保存这些文件非常麻烦，如果我连私人短信都保存的话，收件箱会爆满，影响工作效率。真理子的回信也许已经被我删除了。

"原来如此，那你们下次约好什么时候见面？"

我不知该如何回答，因为我害怕和她见面。想到也许意识和记忆还会发生混乱，可能还会遇到奇怪的场景，我就没有勇气去见面。

"这样啊，当然，您不必勉强，不过如果您改变主意的话，请您一定去见一面。"

我问了一个一直担心的问题。如果跟真理子见面时，又遇到奇怪的事情，我该如何验证真理子是否真实存在呢？

"尽量记住发生了什么。还有就是如果她给了您什么的话,请把它保存起来。您说她给您看过穿着和服的照片,您看过之后把照片还给她了,对吧?下次见面时,如果她给了您什么,请务必收下保管好。"

我果然已经删掉了上次真理子给我的回信,尝试还原了一下回收站,但没有找到。

想和真理子见一面的想法在我大脑里发酵,我对真理子的兴趣慢慢膨胀,不过在想见她的欲望彻底压倒不安之前,还是花费了相当长的时间。

我长期住宿的酒店房间的客厅天花板上有一个形状如同 UFO 一样的间接照明[1],望着那橘色的灯光时,我心情烦躁,有一种会被灯光吸走的错觉。从那以后,那三道光束再也没有出现在我的脑海。虽然我曾经期待光束出现后也许可以弄清些事实,但是,在还没下定决心同真理子见面之前,我更担心光束会让我陷入混乱。

不过,光束会有影响意识与想象的能力吗?那个姓"秋冬"

[1] 一种照明方式,光束照射在反射扩散面上,只利用反射光进行照明,将光亮降低到 10% 以下。

的出租车司机说他也有过脑海中出现光束的经历。不知不觉，我望着天花板上的圆形灯光发呆的次数越来越多，每次都会感到某种危险的征兆。意识好像是被拖走了一样。要想将意识从灯光上转移掉，最有效的方法是做一些需要集中精力的工作，或者是喝酒、吃镇静剂，睡觉前服用安眠药也稍微有一些作用。但白天不能喝酒，心理医生给我开的镇静剂和安眠药的药效都比较弱，吃了并不会立刻见效。遇到真理子之后，我服药的剂量和次数都在增加。我非常担心，发邮件向心理医生咨询，但每次得到的回复都是劝我"不必担心"。

"我之前也说过好几次，您并没有生病，目前的镇静剂和安眠药的剂量没有问题。"

我的脑海中不断反复交叉浮现两种想法：一种是希望尽快见到真理子确认各种情况，另一种是最好再也不要见到她。心理医生给我发的邮件中写道："焦虑会让状况更加恶化。"

"必须尽快与真理子见面的焦虑会让您失去冷静。必须见面，但又不想见面，厌恶不想和她见面的自己，头脑里一直是这样的恶性循环。您不要焦虑，您还能工作，说明您还能独立维持日常生活，能正常跟人沟通。需要精神科治疗的病症是：无法工作，一次吃掉医生给您开的所有镇静剂，发了疯似的联系那个名叫

'真理子'的女士。"

"好久不见，近来一切都好吗？最近，酒店法国料理的菜式更新，越来越可口。有时间一起尝尝怎么样？"

新年伊始，梅花绽放之时，我给真理子发送了一封邮件。但是，点击"发送"的时候，我感到一阵心跳加速。

"感谢你的邀请，期待和您相见！"

收到回信后，我将那封邮件放入"保存用"的文件夹。在与真理子见面之前，我反复多次确认那封邮件是否真实存在。每一次查看，我都能确认邮件并没有消失。

"确实非常好吃。"

我们吃着青森产鮟鱇鱼配海胆这道鱼冻前菜、用北海道鹿肉制作的主菜，喝着圣·埃米利永特产的红酒。真理子看起来跟上次见面时印象略微不同，无论是服装还是表情，似乎都明快开朗。虽然我想立即跟真理子确认上次见面时的情景，但我觉得这个话题不宜在吃饭时谈起，所以我按捺住心情，等一会儿回房间再说。我让服务生把黑加仑风味蛋奶酥甜点送到客房之后，我们就移步回到我的房间。

进入房间，刚在沙发上坐下，我就问道："我们上次见面是什么时候来着？"真理子答道："我记得是三个月前。"我的内心一阵狂跳，如果是三个月前的话，那就证明那时真理子确实存在。如果真理子不是真实存在，而是我想象出来的话，我们的上次见面应该是在三年前。现在我眼前的真理子确实存在。真理子与上次不同，没有说任何奇怪的话。我正考虑要不要下定决心讯问我们是否做过爱，但在我开口之前，真理子从沙发上站起来，走到窗边，在灯前站住了。那个灯的灯罩是用日本的传统宣纸制成的。她的动作就像是录像的慢镜头一样，非常不自然，我感到心跳突然加剧。我纳闷：怎么又是灯光？我差点脱口而出，别靠近灯！我内心的跳动变得更加激烈。

　　"我。"

　　真理子的表情就像脸部的皮肤被蒙上了一层面纱一样奇怪。

　　"我。"

　　真理子将脸靠近灯光，想要解释什么。

　　"我的记忆有时候会变得模糊不清。"

　　突然感觉真理子像变了一个人似的，我非常害怕。我是不是应该动手将她从灯旁拉开呢？

　　"我在想是不是因为我是演员的缘故。我经常出演古装剧，之前请您来看的不就是大正时代的话剧吗？"

我想起她给我看过她身穿和服的照片，但奇怪的是我并不记得去看过她的话剧表演。

"经常给我安排角色的导演不知为什么常说，大正末期和昭和初期非常有意思，所以经常让我演那个时代的人物。或许是这个原因，我脑海里经常浮现出自己不可能知道的旧时代的情景。对不起，我讲了奇怪的话题。比如说现在，又发生了同样的事，我自己也非常吃惊，站在灯光的旁边，我能从灯光中看到我本来不知道的以前的旧时代，还有那个时代的人们。"

5

真理子说，在灯光之中，会显现出人们的影像。那是真实的，还是一种幻觉呢？我本来想这样问，但却欲言又止。真理子的表情像是戴上薄如蝉翼的半透明面纱一般，显得不可思议。起初，我以为刚才是第一次看见真理子那样的面庞，但随后便意识到以前也曾经目睹过多次。这里是我在酒店里常住的房间，家具、窗户的位置、百叶窗的样式和颜色，都与以往完全一样。我环视了周围，在心中自言自语，我既没有做梦，也未陷入回忆之中，在现实中编织想象的世界。我用手轻轻地抚摸了一下真理子的脸颊，她微微一笑，温柔地抓住了我的手。她纤细的手柔软中略带冰冷。眼前的真理子是一个触手可及的对象，确确实实地存在于现实世界。

真理子的面颊浮现出一种从未有过的表情，将脸凑近传统宣纸制成的灯罩。她的面容既像处于恍惚之中，又像处于极度紧张之中。眼神时而炯炯有神，时而呆滞无力。我寻思着：是不是应该让她远离灯光？虽然这么想，但却没能动手。我抱着她的肩膀，悄悄地把她从地灯旁拉开，让她坐在沙发上，于是，她又发生了变化。刚离开地灯，她那半透明的面纱便消失了，恢复成正常的真理子，但是仍然难以应付。虽然她说灯光中出现了人们的影像，但恢复正常那一刻，我怀疑她脑海中是否还留下记忆。我决定让真理子坐在沙发上，小心翼翼地轻声和她交谈。

"灯光中可以看见图像，是从什么时候开始的？"

我想起在漆黑的森林小路上，妈妈背着我赶路的时候，三道光束第一次出现在我脑海里，我回忆起那时的情景，这么问道。我将视线从真理子身上移开，像自言自语一般，小声地说着，目的是让她放松，如果她不愿意回答的话，可以不用回答。

"很小的时候。"

真理子离开了灯光，大约半步左右的距离。

"是很小的时候，大概是幼儿园，还没上小学的时候。我曾经几次遭遇鬼压床，真的很害怕。在漆黑一片的房间里——我没有自己的房间，和妈妈一起睡——我时常这样，现在也是如此，经常失眠。在房间里，躺在床上，突然窗户外灯光闪烁，我十分好奇，便起身想一探究竟。那是一扇木制的、老旧又狭小的窗户。灯光时而闪烁，当我探头看向窗外时，发现原来是汽车灯。我家在陡峭的斜坡中间，每当有汽车开上这个大转弯的坡道时，车灯的照明——论时间，大约几秒钟吧——就会从窗户照射进来。我在那之后一直呆呆地向窗外看。刚开始，可以清楚地看见隔壁家的房子，紧接着，车灯的亮光照进眼帘。在那个瞬间，眼睛上感觉到，不知道是什么，像是针一样的东西刺进来一般，身体就无法动弹了。听说那就是鬼压床，小时候完全不懂，以为自己已经死了。但感觉很奇怪，因为我还十分清醒。而且，妈妈在说什么我也能清楚地听见，好奇怪，我大概只死了一半吧，想到这里，我感到十分恐惧。然后，几乎每一天都会遭遇这种情况。那到底是什么？当时我还是小孩子，好奇心很强，不是吗？大概越害怕越想看。于是，每个晚上，我蹑手蹑脚地爬起来，从窗帘的缝隙向外窥探。不久，我终于明白了，那是车子开上坡道。虽然还是很害怕，但是我仍然一直盯着窗外看。再一次遭遇鬼压床时，我想离开窗户，躲进被窝，但是我做不到。车头的灯光好像蛇一样，让我感觉它会追上床来，那样就更恐怖了，所以我无法移开视线。

我只好等待车灯的光束，刺进我的眼帘。"

"我想大概是因为房间里漆黑一片，才变成那样。周围昏暗，所以下意识地想去看车灯。我求妈妈晚上睡觉时不要关灯，妈妈也似乎觉得我有些异常，便开着细小的荧光灯，但光线还是太弱，我便让妈妈帮我买了一个小台灯。害怕黑暗的小孩子有很多，对不对？害怕黑暗房间的小孩子，并不少见吧？我真的十分了解那些孩子的心理。台灯的灯罩形状像吊钟一样，很可爱，放在房间的角落。头稍微往右一转，便能看见它，从那以后便不会鬼压床了。不过，我觉得，不论是谁都一样，进入梦境之前，会左思右想，回忆往事。这时也会感到害怕，对吧？害怕闭上眼睛，感觉睡着之后会被什么东西拉走，害怕意识逐渐模糊，对吧？那种时候，我会习惯性地看向角落的台灯，像是吊钟的那盏灯。凝视着灯光时，我会感到温馨，不知不觉中就睡着了。睡得十分安稳，我非常喜欢那种感觉，所以我总是侧躺着，让自己可以看到那盏灯。上小学之后，我依然保持那个习惯入睡。有一天，我发现灯罩上好像有花纹，开始以为是污渍，便走近去查看。当我接近它时，不知怎么，灯周围的感觉有些不同，并不是我自己向灯靠近，而更像是一个大头针被磁石吸过去一样，那种感觉说不上害怕，但会让人紧张得心跳加速。无法控制自己，周围一切似乎都无所谓，令人感到异样。然而，灯罩上的黑点，那既不是污渍，也不是有什么东西粘着，而是有图像映在上面。自那之后，我便能在灯罩上隐隐约约看见东西了。"

"我们是要去哪里吗？"

听到真理子突然这么发问，我环顾了一下周围，大吃一惊。不知道什么时候，我们俩已经来到了走廊。什么时候走出房间的，我完全不记得了。而且，这是不是酒店的走廊，也无法辨别。有没有可能上次我们见面的时候，就像是这样在公园散步，乘坐电车的？刚才，我们的确在房间。在餐厅用餐后，在酒店的房间里，真理子从沙发上站起来，面颊透出一种如同蒙着一层半透明面纱一般的奇异表情，走到那个罩着传统宣纸灯罩的灯跟前，说自己可以见到人们的影像。

"不，今天没有特别打算去哪儿，你有想去的地方吗？"

我这样问她，因为我想有可能是真理子有什么地方想去，便自言自语，带我走出了房间。但是，真理子并没有说她有想去的地方，只是问我们要去哪里。她仍然是一副茫然的表情，脸上如同蒙着一层半透明面纱一般。

"我总是觉得像有急事一样焦虑不安。有什么地方我现在必须要去，那里有些人在等我。与其说是等我，倒不如说如果我不去那儿的话，那些人无法生活。说得夸张一点，有的人甚至连身体都动弹不得，说话、呼吸都会感到困难。我只知道非去不可，但是那个地方在哪儿我却一无所知，只是隐约记得似乎去过，但又感觉我根本没有去过。很奇怪吧？所以，今晚，我突然想到现在马上就去，不好意思，我是不是很奇怪？"

那个非去不可的地方，大概就是"瑟堡"这家店吧？我正想这么问，突然，我的眼底出现了三道光束，我说不出话。为何在这个时刻出现？我感到很诧异，我开始怀疑，眼前的真理子是否真的存在？现在究竟在哪里也不清楚，脑海里却又是出现了那三道光束。虽然我清楚这么做会有反作用，但我还是不由得闭上双眼，试图让它们消失，但是光束的亮度却像以往那样变得更加强烈，充斥整个脑海。我感到不安的同时，又感觉仿佛全身被幽香的羽毛包裹着。此时，不知从哪里传来了我自己的声音，在脑海中不停地回荡："不要和光束对抗，随其自然！"

"您看得见什么吗？我能看见一群孩子。他们也许在等我。"

真理子说完以后，有如幽香扑鼻的羽毛包裹着的感觉瞬间消失了，随之而来的是紧张的心跳。因为我也能从光束中，看见类似孩子们的照片的图像。我感觉有什么东西重合在一起了。我记得那些照片。那是我还在上小学的时候，父亲给我拍的。照片有些模糊，连我在照片中的什么位置也看不清楚，但是照片里肯定有我，父亲经常给我拍纪念照，这是其中的一张。印象中是开家长会，家长观摩教学，好像是那个时候。

"啊。"

真理子低声嘟囔道。

"就是那个人。"

那个人是谁？

"我也不清楚那个人是谁。不过，每当灯光中能看见什么的时候，那个人总会出现。是在一张老旧的照片里，长相十分漂亮，我觉得是一位女演员。一定是一位女演员。我自己也是演员，我能感觉到。"

在光束中，我也看见了那张照片，是一位女性。这张照片不是父亲拍的，而是父亲珍藏的。我曾经几次看过这张照片，但至于是谁，父亲并没有告诉我，所以，确切来说是否真是女演员我也无从得知。

6

我越发糊涂了。三道光束将想象和记忆如同马赛克一般拼接在一起，然后又从光束内部浮现出一些画面。真理子说她能看到灯罩的表面好像有什么东西。真理子问我看到了什么。难道她认为我在那三道光束中看到的画面，与她在灯罩上看到的画面会重叠吗？或者说，真理子感觉到通过什么方法可以将她看到的画面与我共享，抑或是真理子发现照射我脑海的光束中会出现同样的画面吗？总之，这种事情不可能！不可能同时有几个人能够不通过语言描述而在脑内浮现出同一个画面。无论关系多么亲密，就算是双胞胎，也不可能出现并排躺着做同一个梦的现象。

心理医生说，这是因为过度的想象掩盖了现实。然而，这样的症状充其量也只能发生在个人身上，无法与他人共享。而且那些记忆和想象的马赛克并非按照规律排列，就像是梦境一般。然而，梦境虽可以反映出一个人的精神状况，但为何会做这样的梦却没有人能搞清楚，精神医学也无法解释其中的原理。我也只是目睹从那三道光束中浮现出的画面，却不明白其中的原理与画面的出处。想必真理子在灯罩上看到的画面也是如此。她说她看到了一幅旧时代女性的画像，似乎像是一个女演员。然而她也不知道为什么会看到这幅画像。这样的画面也不可能同时在两个人的脑海中出现。

难道说，这个空间本身就是我的想象和记忆的产物吗？但是，表情仿佛蒙着一层半透明面纱，靠近灯所在的位置，向我诉说在灯罩表面上看到画面的是真理子。然后，就在真理子向我描述她能看见画面的原委时，我们不知不觉间走出了房间，来到走廊。可那里却不是我常住的酒店的走廊，反倒像是另一个不知是哪里的酒店的走廊。这个走廊的氛围与写字楼或者医院不同。但是，这究竟是哪里的酒店？我们又是怎么来到这个地方？这条走廊又宽又长，昏暗的空间里有几盏小顶灯，墙面的凹槽里虽然也有间接照明，但是光线非常弱。或许是因为过于昏暗，我们的前方和后方好像笼罩在一层烟雾之中一般，周围模糊一片。就像是处于噩梦之中似的，我们要怎样做才能回到自己的房间里呢？

或许，反而是我迷失在真理子的想象世界之中。并非我的记忆与她同步，而是我受到她的诱导，我的想象和记忆也因此受到刺激。那天发生的情况也是像现在这般吗？那时我们本来在公园，可突然就来到车站乘上了地铁，看到了一群奇怪的乘客。我也曾确认过，无论是我还是真理子，都无法想象自己从未见过的画面，这样的画面也无法留在我们的记忆里。即使我们梦到自己身处宇宙之中，那也是因为我们曾在影视作品或是照片中见过这个画面，然后这个画面在梦中重新出现。真理子究竟是在哪里、是怎样看到那位女性的照片的？这一点我需要确认。因为她如果不是以前在哪里见过这张照片的话，应该无法想象出这个画面。

"在哪里？您说的在哪里，是什么意思？"

"就是你说看到一个像女演员的画面，你应该是以前在哪里见过这个人的照片。"

真理子注视着我，她的脸像是蒙着薄如蝉翼的半透明面纱一般，毫无表情。

"别人给我的。"

"别人给你的？你还记得是谁送给你的吗？"

我没告诉她这是我父亲珍藏的照片。并不是我刻意保密，而是因为即使我告诉她，她也不会在意。这张照片究竟有什么意义，现在并不重要，重要的是她在哪里见过这张照片，是谁给她的。

"我不认识那个人。我记得是一个女人。您也来看过的，那个背景是大正时期或者昭和初期的话剧。有一天，有一个女人来到我的化妆间，我不记得是谁邀请来的，总之，她被介绍人带到我的化妆间，那个女人对我说：'这个送给你。'然后就给了我一个信封。那是一个已经泛黄的旧信封，看上去十分破旧。"

我没有去看过那场话剧，不过这件事并不重要。那个女人为什么要给她信封？

"里面有一张很久以前的照片，是老照片，所以是单色的。我记得她当时跟我说，这张照片可以对我塑造角色有所帮助。一开始我还没听懂单色是什么意思，因为现在一般都说是黑白照。也许正因为如此，我对这句话留下了印象。啊，对了，她说这是别人托她带的话。"

托她带话?

"是某个人的父亲托她给别人带话。我觉得这人真奇怪，所以印象很深。"

当我听到这是别人托她带话时，内心剧烈跳动，久久不能平息。我感到背后发凉，头脑一片混乱。我想起那个"来自死者的邮件服务"中提到是"我为您带来了令尊对您的一些嘱托"。而且，她还说"请咨询那位女士"，那位女士应该就是当时和我一起在公园徘徊很久的女性。是真理子吗? 这么看来，那个"来自死者的邮件服务"原来不是单纯的骚扰邮件。我记得发件人好像叫加世子，我是不是应该跟真理子确认一下?

就在我左思右想的时候，真理子又说出一句莫名其妙的话。

"您看到樱花了吗?"

她在说什么呢? 什么樱花? 现在还没到樱花盛开的季节。现在梅花才刚刚开放。更何况，我们现在身处走廊之中，四周没有窗户，也没有插着鲜花的花瓶。

"您看到樱花了吗?"

真理子又重复了一遍。她抬头看着散发出微弱光线的顶灯,可是目光呆滞、眼神不定。现在根本不可能看见樱花,就在我心想她会不会把梅花错认成樱花的那瞬间,我的眼前闪现出一幅樱花盛开的画面,那幅画面像是快闪一般,瞬间便消失了。在三道光束之中的满屏画面上赫然出现一片樱花树,我的内心又开始止不住悸动,不经意间嘀咕道:为什么会出现樱花?

"所以说。"

真理子注视着我说道。

"这个走廊是季节交汇之处。我不记得自己之前是不是来过这里,但是季节是一直循环往复的,通常当季开放的花卉,可以作为表现季节的标志,对吧?所以,在季节交汇之处,一定能看到花朵。我经常能感受到季节交汇,每次都仿佛记忆被牵引一般。您刚刚看见樱花了吧?依照季节变化,接下来应该能看到绣球花。然后不知为什么,最后出现的必定是杜鹃花。我觉得这一定是因为我最喜欢杜鹃花,有许多关于杜鹃花的回忆。现在,您看见绣球花了吗?"

我不清楚自己是不是看见了绣球花。但首先,花卉开放的顺序颠倒了。按理来说,应该是杜鹃花开过之后绣球花才会盛开。可是,我是第一次听说季节交汇这种说法。

"在看见杜鹃花之前，我们先四处转转吧。"

真理子像是在前方为我带路那样，一个人慢慢走了起来。

"不知道为什么，我很少能看见杜鹃花。或许因为它是我心中最令人回味的花吧。您看，正好是五月黄金周期间，各色的杜鹃花十分茂盛。以前我爸妈经常带我去公园野餐，那时总会见到盛开的杜鹃花。说起来，杜鹃花真的很普通，不管在哪里都能看到。但实际上，它也是一种在哪里都见不到的花。"

我听不懂她说的是什么意思。什么叫在哪里都见不到的花？而且经常去公园野餐，真的是真理子经历过的事吗？细细想来，这不是我的经历吗？我父亲原本不怎么喜欢和家人待在一起。在我的记忆里，他基本就没带我出去玩过。然而，只有五月黄金周的其中一天是例外。我家附近有一个著名的盛产瓷器的地方，每年五月黄金周的时候开设集市。父亲很喜欢去逛那个瓷器集市，所以我们一家人会前往那里。那时候我家还没有私家车，于是父亲一个人骑摩托车去，我和母亲坐公交车前往集市所在的那个镇，我们在小山丘上的公园门口会合。那时公园里杜鹃花正盛开，姹紫嫣红的花朵映入我的眼帘，淡淡的甜蜜香气迎面扑来，我们围坐在那里品尝母亲做的饭团。父亲一反常态，那天的心情似乎很好，拍了许多我们一家人和杜鹃花的照片。

"您看见杜鹃花了吗?"

不仅仅是杜鹃花，我的家人、当时的公园，还有父亲的摩托车，一切都在那三道光束中清晰浮现在我眼前。

"您看那里，好像有人在远处白色杜鹃花后面。您看见了吗？是一个老爷爷，他是谁呢？那里是乡下吧，好像是海港城市。"

一个老人在一个宽敞的家中，所有的窗户都敞开着。他摇着蒲扇，静静坐着。窗外的屋檐下挂着鱼干，还有大大小小的花盆。但不知道种的是什么花。一个中年女子路过，对着窗口向老人打招呼，您是不是很寂寞呀？几天前，老人相伴一生的妻子去世了，葬礼过后，赶回老家吊唁的子女和亲戚也都回到各自在外地的家。老人对中年女子说，一天真的好长啊。

中年女子走后，老人转身看向我们。他好像在向我们说着什么。随着蔓延在空气中杜鹃花的甜蜜香气，传来了一个信息。

"我想你应该很清楚，在我们的各种情感中，唯有寂寞是最根本的。不论是喜悦还是悲伤，抑或是不安和恐惧，这些情感的原理都是我们的祖先为了应对无法预测的未来，经过漫长岁月构建出来的。然而只有寂寞，是在这之前，就自然存在于我们的心中的。我们的人生从某一时期开始会发生质的变化。不论是之前得到的东西，还是与我们共同生活的同伴，总会在某一刻离开我们。或是渐渐失去，或是瞬间离开，这种变化是绝不可能逆转的。"

第
三
章

「
安
详
之
兽
」

1

　　我和真理子从走廊尽头的粉色杜鹃花<u>丛</u>中穿过。巨大的杜鹃花花瓣就像是一种秀丽的食虫植物，触感湿润轻薄，让人感觉仿佛从窗帘里穿过。令人惊奇的是，周身上下都被杜鹃花特有的浓郁香气所环绕，这使我陷入一种情色之感。似乎脱下衣物，任由杜鹃花的花瓣爱抚着我的身体。我不由自主地闭上了双眼，用全身心感受这快感。于是，我眼底的影像开始闪烁。眼前飞快地闪过各种各样的影像，我不清楚自己到底看见了什么。唯独一个男人的面庞，深刻地印在我的脑海里。那个男人是被宣判死刑的杀人犯。

我看到那个男人的照片是在二十多年前。那时警察局的刑警突然给我打电话，我们在我常住的酒店咖啡厅里见了面。刑警给我看了一张照片，问我对这个男人有没有印象。那是几年前的老照片，只有这一张。是婚礼的纪念照，照片里新娘的双目被用笔涂成黑色。男子大概三十多岁，戴着眼镜，十分消瘦，相貌普通，没有特点。他是半年前在东京都内住宅区发生的命案中，被指控杀害多人的嫌疑犯。在扣押搜查时被没收的日记里似乎记载着他喜欢某位作家，曾经参加过几次作家的公开讲座。他所说的作家指的就是我。当时，我为某影像杂志举办的公开讲座担任主讲人。不过，每次参加讲座的人数都超过了一百，我不可能记住每一个人，所以我只能对刑警实话实说。我记得很清楚，当时在咖啡厅，我喝了一杯卡布奇诺，警察付了账单，我以为只要协助调查，警察就会请客喝点什么。过了半年左右，刑警联系我说凶手落网了。又过了几年，我看到凶手自杀身亡的新闻。不知为何，新闻里用的是他的那张结婚纪念照。为什么那个男人的脸会在我的脑海里闪现呢？

　　当我从巨大的杜鹃花花丛中穿过时，脑海中不断浮现一些莫名其妙的映象，我想不明白为什么杀害多人的凶手会出现在画面之中。大概是杀人犯和结婚纪念照这种神奇的组合给我留下了深刻印象吧。

"我们回去吧?"

听真理子这么说,我点了点头。我完全不知道这条走廊是在哪里,也不知道该如何回到我自己的房间。但我只能听从真理子的话。而且,不知道为什么,我总觉得就这么在走廊里一直走下去的话,就能回到我的房间,也能把自己拉回现实里。

"回去吧。"

真理子微笑着看着我。虽然她的脸上仍然如同蒙着半透明的面纱,但是看到她的笑脸,我就放心了。穿过窗帘似的杜鹃花丛,过了一会儿,我睁开眼睛,脑海里的画面停止了闪烁。是否真有几十个人,不对,是几百个人的面庞闪过呢?真理子也和我一样看到这些了吗?

"那些都是已经过世的人。"

听到这句话,我瞬间坐立难安,但就像碧波涟漪变成波光粼粼一般,我的心情马上就恢复了平静。真理子说的确实有道理。那个杀害多人的杀人犯也已经死了,我觉得自己脑海里超现实的经历都与人的死亡有关系。进入这个奇妙的世界里,当三道光束出现的时候,我一定会想起父亲。不过,小时候第一次发现光束的时候,看到的是不久前病死的一只叫陌陌的狗。难道这里是死者们往返的通道吗?

"我不知道。"

真理子摇了摇头。

"那种事谁都不清楚。"

真理子抬头看着天花板上的灯。

"我们看到的是影像。人都会回忆起去世的人，每个人多少都有这种经历吧？所以，我们实际上并没有遇到死者。"

"就像季节交汇一样，迎着灯光，我们就能回去。"

我们走在忽宽忽窄的走廊上，我忘记问真理子一件很重要的事。真理子看到过我的那三道光束吗？

"很模糊，但是我看到了。说是'看到'，不如说是'感觉到'更准确。"

犹豫了很久，我最后还讲述了第一次光束出现时的情景。我先花了相当长时间说明了父亲画室的所在地方。因为真理子无法想象完全没有灯光的山路。我的父亲是一名美术老师。母亲一边当老师一边时常在闹市区的裁缝店做些零工。小时候，一大早我就被送到祖父母家照料，傍晚母亲来接我，我们一起回到林间小屋风格的画室。

"要和妈妈一起坐公交车回家。"

现在回想起来，那里极其不便。祖父母的家地势很高，要走下很长的坡道才能到有公交站的公路。但是，我很喜欢和母亲手牵着手走在日暮黄昏中的街道上，那时路边的店铺开始打烊。鱼店的老板会和我母亲打招呼："大嫂，还有剩下的鲷鱼，便宜一点给您，怎么样？"有时我们会去肉店买熟食小菜。有的店铺灯光渐渐熄灭，有的人家则灯火通明。在长长的坡道旁有一条以前修建的水渠，母亲一直警告我绝对不能进到里面玩耍。整个水渠覆盖着厚厚的青苔，从前有好几个孩子在水渠里滑倒，然后被冲走淹死了。

"就这样，和母亲手牵手从街上走到宽敞的公路上，但是公交车却迟迟不来。没办法，也只能等着。我们漫无目的地闲聊，消磨着时间等待公交车到来，那会儿我其实乐在其中。"

坐上公交车到达终点站。过了终点站，前面就没有人家了。乘客们在中途陆陆续续下车，直到只剩下我和母亲两个人，这是我最喜欢的时刻。

终点是公交总站，我和母亲下车的地方是一片空旷的场地，然后我们要走一条狭窄的山路。夜深人静，我又饿又累，走起来很吃力，总是让母亲背着我。周围没有人家，一片漆黑的山路时而风光妖媚，时而恐怖异常。漆黑的夜晚可以激发人们无限的遐想。我经常在母亲的背上打瞌睡，做噩梦时会吓得几乎叫出声来，做美梦时又会像被柔软的黑天鹅绒包裹着一样舒服。有一次，我的手被细长且锋利的树叶割破了，然后便出现了三道光束。

"那时候，您不是想问母亲什么吗？您还记得吗？"

是的，我想起祖母曾经讲过"这个世界"和"那个世界"的故事。我想问母亲，这条山路是"这个世界"还是"那个世界"，但是害怕母亲说这里是死者的国度，所以始终没敢问。可是，真理子为什么知道这件事呢？

2

"那个时候，就是第一次看到光束的时候，您应该是想问母亲什么的。您还记得吧？"

真理子反复追问。我当然记得。可为什么真理子会知道我小时候发生的事呢？在昏暗的山路上想起了之前祖母跟我说过的"这个世界"和"那个世界"的故事，我趴在母亲背上，想从母亲背后，问她一个问题。

"妈妈，木野属于这个世界吗？"

父亲的画室所在的那片山林一带被称为"木野岭"。公交车终点站的标牌上也写着"木野岭"。我那时还是幼儿，当然看不懂汉字，但时常听到父母、祖父母以及其他大人们说过"木野岭"这个地名，我在不知不觉中意识到"木野"和"岭"分别是两个词。我省略了"岭"，把画室周围称为"木野"。不知为何，父母也开始跟着我一起使用这个称呼。

"你知道木野岭吗？"

我没有马上回答真理子刚才的问题，而是问她是否知道这个地名。我想既然她知道我曾经有问题想问母亲，也应该知道木野岭这个地名吧。

"啊？岭，那是什么？"

真理子露出惊讶的表情，摇了摇头。原来她不知道这个地名。我们在走廊里慢慢地走着，来到一个形状怪异的灯饰附近。那盏灯中间部位很细，上下部位的形状宽大，这个形状让我联想到沙漏。灯光十分独特，一瞬间，真理子像照相底片一样，如同被反转了灰度的图像。真理子曾说过，就像是季节交汇一般，只要沿着灯光向前走就可以回去。但是，究竟该怎么去追寻灯光呢？

"我不知道什么岭，我只是想您应该有问题想问您的母亲。"

是的，我还没有回答真理子提出的问题。我不想回答，那是我在漆黑的山路上突然想到的问题，既没有跟母亲，也没有跟其他任何人讲过。所以，除了我以外，不会有第二个人知道。当然，我并不是害怕想问的内容被真理子知道，而是我不想随便和别人谈起母亲。父亲死后，母亲最终住进了当地一所专门医疗晚期患者的医院。这家医院是我高中的前辈经营的，兼有养老院和看护设施的功能，而且还配有常驻医生和护士，是一所全国有名的医院。住院费相当昂贵，母亲并不是晚期患者，也没患老年痴呆症，在我的请求下，前辈最终同意让母亲住院。最初给母亲准备的是单间，但是母亲为了能和别人聊天而选择住三人病房，她的身心都能过日常生活，而且也喜欢照顾别人，据说好像还给同病房的患者做衣服，为此前辈还特意反过来感谢我。

"除此之外，还有其他的。"

真理子微笑着看着我，"其他的"是什么意思？

"不仅仅只有'这个世界'和'那个世界'，还有其他的。"

为什么真理子会知道那件事呢？那次在漆黑的山路上，我想问母亲却没问出口的问题，我从来没跟任何人提起过。我的记忆渐渐模糊起来。或许我和她说过，或者，真理子能看透我心里的思考。但是，不知为何，我对真理子的言行不再感觉到不安。也许，眼前的真理子不是我认识的那个真理子。当然不是说眼前的是另外一个人，也不是说她的精神出现异常。现在的她或许是一种虚幻的烟霭之类的东西。也许是我自己的想象产生出的一种幻影。不过，即使如此，也不是我处于幻想和梦境之中那样简单。我并没有丧失意识，也没有感到精神恍惚。

"其他的是什么？"

我问道，我并没有追问她为什么知道我想问母亲的问题。追究这些问题也没有什么意义。如果眼前的真理子是我自己的想象中产生的幻影，她应该知道所有的一切。

"是分界线。"

真理子解释道。这是指"这个世界"和"那个世界"之间的分界线吗？

"是的，而且，我们现在所处的地方就是分界线。所以，我们能看到死去的人们的面孔，同时，我们能走入另外一个走廊，而且还能在不知不觉中返回'这个世界'的房间，这就是眼前所发生的现象。"

真理子为什么知道这些？准确地说，我的幻影为什么具备这种想法？新的不安涌上心头。我从来没有产生过"那个世界"和"这个世界"之间的分界线这类的概念。我本来就不喜欢心灵类的非科学的东西，也不相信人死后的世界，对此从来不感兴趣。

"我们坐自动扶梯去下层好吗？"

我们不知什么时候站在下行的自动扶梯前。我看到了奇怪的色彩斑斓的墙壁和下层的地板。不过,我并没有思索楼下究竟有什么、将会发生什么。所有的一切只不过都是我自己的想象产生出的幻觉。我只要随事态自然发展就可以,那样我就会自然到达自己的房间。不对,"到达"这个词可能不准确。简单地说,就是回到现实世界。

"我觉得楼下有人在等我们。"

我们正在前往楼下,但是自动扶梯的速度极其缓慢。最初我觉得是普通的速度,可是,当我抓住扶手,双脚踏上自动扶梯的瞬间,听到一阵金属摩擦的响声,然后自动扶梯的速度骤减,甚至不知道是否在移动。真理子站在我身旁,影子映在墙上。不过,她的影子不是黑色,而是泛白的。我从来没见过那样的影子。不久,我周身感到一种异样的感觉。一阵轻微的晕眩,天旋地转。自动扶梯的确在向下移动,但是速度极其缓慢,我甚至产生正在上升的错觉。而且,过了不久,我感觉自动扶梯既不上升也不下降,而只是将我们载往什么地方。这个真是自动扶梯吗?我看了一眼脚下,地面上没有镜子,但是映入眼帘的却是很多吊在天花板上的照明。我抬头望去,看到的却是自己的脚下。我的感觉已经错乱,转移视线令人感到十分恐惧。不过,我不能闭上双眼。

我预感到将会出现完全不同的场景。

"您明白了吗?"

我确实听到真理子说话,但是她的嘴唇并没有动。张嘴出声的是真理子白色的影子。"明白了。"我条件反射般地回答道。事实上,我根本没理解真理子的白色影子提出的问题。因为如果我回答不明白的话,我十分担心真理子的影子会做何种反应。

"分界线还在持续着。"

我的自信越来越弱。我之前怀疑真理子或者说现在的这个场景都是我自己想象出来的,但这种怀疑几乎快要破灭。如果真的是以我自己的想象为基础,再现在眼前的应该只是我实际经历过的,或梦到过的场景,也就是我自己能够想象的那些已知场景。

"好像越来越接近分界线的中心了。"

真理子的影子说道。分界线根本不可能有中心。这里是不是"这个世界"和"那个世界"的分界线,谁也不知道,也无法确认。所谓分界线,比如说国境,那是现实中存在的分界线。国境线哪里会有中心? 我们现在究竟是不是在移动? 是不是真的在乘坐扶梯,连这一点也无法说清楚。

"瞧,有人在等着我们。前面有一个绣球花盛开的地方,在那里,有人在等着我们。"

真理子的白影不断重复着这句话。

"是您非常熟悉，但又完全不认识的一个人。"

3

为什么是绣球花呢？而且完全和季节相反，不是说绣球花在前，杜鹃花在后吗？难道我们是在来回转圈吗？真理子说有一个我非常熟悉，但又完全不认识的人在等我们。虽然这种说法很矛盾，但非常奇怪的是，我并没有感到异样。那个人在哪里？他究竟是一个什么人？这些我都不知道。但是我总有一种预感：这个人是存在的。可能是以前在哪里听说过，或者是在别人的文章里看到过。

"我们现在，哪里也没去。"

真理子的白影这样说。但我不明白是什么意思。的确，自动扶梯似乎没动，我自己也搞不清楚最初是不是乘上了自动扶梯。

我究竟是在自行运动还是乘着什么运动着的物体？我没感觉到脚下紧踩着什么，但也并不意味着我在悬空飘浮。如果我是在悬空飘浮，那就应该和在水中一样，身体会感到上浮。我既没有感到自己悬浮在半空中，也没有感觉到自己站在什么地方，或者走在什么地方。

"马上就到了。"

真理子，不对，是真理子的白影说道。白色的影子摇摇晃晃，时大时小，变化无常。而且，真理子自身的轮廓逐渐模糊，就像快要消失似的。

"不好意思，那我就先走了。"

真理子慢慢地和背景融合在一起，渐渐消失而去。

"即使回到您的房间，我也已经不在了。似乎我的任务就要接近尾声。所以，这个是您回房间需要的像地图一样的东西。您一边解读这个地图一边向前走。今后，无论是在这个分界线的世界里，还是在现实世界里，我和你应该都不会再见面了。"

真理子消失了，只留下白色的影子。"这个"到底指什么？真理子什么都没有留下，也没递给我任何东西。像地图一样的东西究竟是什么？白色的影子更加变幻无常，时而变得更大，时而扭曲变形，时而变化形状，时而分裂破碎。难道说那个所谓地图一样的东西就是这个变化无常的白影吗？

不久，白色影子变得像雨丝一样纤细，然后一个一个像变形虫似的开始繁殖，飘浮在周围将我包围起来。它并没有接触到我的身体表面或者衣服，只是在外围将我包围起来，触感轻柔。它们是半透明的，没有遮挡住我的视野，反而更像是光，同时前方模模糊糊地出现了像花一样的东西。那柔软的触感在引导着我移动。但我感觉不到我正在行走。就像乘着机场里经常见到的那种自动步行扶梯。感受不到自己在动，却好像将自己运往哪里。我正在一个一个地通过某些地方。好像是一些不同形状的灯或者花。花是绣球花吧？但是没有颜色。好像是花瓣接近无色的绣球花。

"那时候。"

我听到一个女人的声音，但不是真理子。我觉得在哪里听到过这个声音。但是究竟是谁，我不知道。

"我总是凝视着枯萎的绣球花。"

那是一个非常温柔的声音，令人怀念，也令人觉得很安心。我没有感到任何不安，也没感到恐惧。就好像是在耳边轻声低语一样。

"不论是梅花、樱花，还是令人难忘的杜鹃花，花期一过，即零落在地，腐朽成泥。但是绣球花即使褪色枯萎，在春风荡漾或飞雪漫天的季节，依旧还是保持原来的形状。我经常凝望着那样的绣球花，这还是在见到你之前。虽然那时还没有你，但我却期盼着见到你。我知道我们一定会见面。那时候我殷切地期望着。"

那句"殷切地期望着"一直在我脑海中回响。那是一句渐渐消失的话，被我遗忘的话。

"殷切地期望着。"

那个女人一直在重复这句话。

"还记得吗？你小的时候一直说，我好希望明天快来！你应该记得，每天一到夜里，就会在我身边这么说。"

啊，我想起来了，是有这么一回事。那个时候，我总是一到夜里就想："明天快点儿来吧。""好想现在马上就变成明天。"小学三四年级的时候，离我家的小镇坐车三小时左右的地方有个大城市，有一个外国著名的马戏团来巡回演出。爸妈给我买了一张马戏票，但是在公演前几天，我患上感冒，高烧不止。我害怕自己不能去看演出了，所以在测体温时跑到厕所里，刚开始测时我的体温接近四十度，我便轻轻甩动体温计，让它稍稍下降到三十九度。第二天，我故伎重施，又将体温计上的温度降到三十八度。就这样，我在厕所反复摆弄体温计，让体温计一点点降下来。公演前两天，我真的开始退烧了。公演前一天，体温已经恢复正常。在看公演的前一天夜里，我在被窝里祈祷："明天快点儿来吧。""好想现在马上就变成明天早上。"

"是的，那是你的口头禅。你从来没想过让明天不要来。我喜欢你这样，每次听见你说那句话，我就打心眼儿里开心。"

我知道是谁的声音了。虽然难以置信，但那是母亲的声音。

以前，真理子曾说过那是一个女演员。光屏上映着的是生我以前的母亲，那时她才十几岁。尽管不是自己拍摄的，父亲却珍藏着那张照片。照片并没有在三道光束的内部呈现，而是像光重合在一起那样显现在了我眼前。我仍然被那个分裂成如雨丝状的白色影子缠绕着，但不知不觉中它变得透明，映照出当时只有十几岁的母亲的照片。当时，母亲还住在故乡。真理子消失之前，有一瞬间出现的人都是已经故去的人。难道母亲出什么事了吗？这样一想，我感到非常不安，但又想到真理子说这里是分界线。不仅有"这个世界"和"那个世界"，还有分界线这个地方。在这里死去的人的容颜也能再现。不过，这里并不是死后人们生活的阴曹地府。

"殷切地期望着。"

母亲的声音一直重复着这句话。

"如果人完全没有了期待的心情，那这个人就已经死了。快看，连接着我们俩的东西正映在光屏上。以前，正好是你的幼儿时期，到处都在修建新的住宅区，那个屋顶上，站着一个平凡普通的四十岁左右的男人。他是一个公务员。他相信将来会和一个年轻漂亮的女孩结婚，但是他被骗了，最终一切都落空。他觉得自己的人生不再有希望，没有任何东西可以期待。他失去了心灵以及活下去的勇气。这样的人会选择去死。"

我看到一片陈旧的昭和时期的住宅区，其中一个屋顶上，有个中年男人准备跳楼自杀。这个中年男人并不想死，也没有下决心去死。他想最后再见一次那个女人，他自己也不知道为什么会冒出"最后"这个念头。他明白自己已经再也见不到那个女人了，于是走上了屋顶。走上屋顶并非出自他的本意，就像是被谁操纵着一般，他十分不情愿地踏上楼梯。突然，他心中涌起停下脚步、不再往上走的想法。但是，那个女人的甜言蜜语以及和那个女人在一起的回忆突然从脑海中闪过，他通身遍体充斥着此生再无所盼的念头。所有的情感就像凝固了似的消失殆尽，仿佛变得不是自己，那个走上屋顶的似乎是另外一个人，被这种超越现实的感觉所束缚和支配。"原来如此，"中年男人想道，"自己并没有下定去死的决心。没有人是事先决定去死，才选择自杀的。而是因为受到死神吸引，死神侵入体内，这是很久以前就已经安排好的命运。"中年男人终于领会到了这一点。就像乘上电车前往目的地一样自然。然后，他踏上了屋顶的边缘。

　　"你不一样。"

　　我听见了母亲的声音。

　　"你和那个中年男人不一样。"

第
四
章

「
情
迷
意
乱
」

1

"你不一样。"

母亲的声音一直在重复这句话，音量逐渐减弱，不久便消失
了。母亲的照片好像被光束吸进去一般消失了。光束本身也逐渐
扩散，随之减弱。当我反应过来时，我感觉自己又被真理子的白
影环绕，似乎又将我载往什么地方，眼前闪现出各式各样的灯，
我只是眺望着那些飞快逝去的光景。那些灯，有的表面映照出花
卉，有的像灯丝发光那样，中心包含着花朵，还有既像花瓣又像
灯泡的吊灯。

为什么会有这么多的灯闪现呢？灯光瞬间向后移动，就像从
飞驰的车窗往外眺望一样。所有的灯都明亮耀眼，难道是因为飞

速流逝的缘故吗？有时甚至感觉灯光在闪烁。

灯光中浮现出影像时，背后会伸展出阴影。三道光束是我记忆的光屏，真理子说过，在灯罩上会映出图像。灯光并不能唤起记忆，其本身也毫无意义。灯光只是媒介而已。这三道光束重叠时浮现出的母亲的音容笑貌，似乎是要向我传达什么讯息。她告诉我，我和那个中年男人不同，他因为对所有事情都失去了期待而自杀。难道我也会和那个中年男人有相同的经历吗？我也会失去人生中的美好期望吗？投射出花卉的灯光排列在天花板上，我移动的速度突然减慢。我一边想着这灯很眼熟，一边仰望着天花板。这时，我内心突然涌上一股悲痛的情绪，顿感一阵胸闷。我想起和真理子在一起的时候，经常和她一起凝视这种灯光。或许是和十几岁的真理子一起在罗马的酒店里看到的灯光。真理子留下了一团白色的影子后就消失了。她告诉我，即使回到我的房间，她也不会在那里，无论是在分界线的世界，还是现实世界，她都不会再见到我。

关于真理子的记忆把那个像变形虫一样环绕着我的白影割裂开来，不知什么缘故，突然清晰地构成了图像。大概我和她在很早之前就已结束了关系，最近又再次重逢，互相确认了这个结局。而且，我并没有完全从那种失落感中获得解脱。所以，我们重逢之后又作了最后的告别，我在精神上受到重创，从而导致记忆和想象混杂在一起与现实相混淆，应该是这样吗？

我们为了确认彼此对对方已经失去感情，大概见了两次面。第一次见面以后，我大概一个人去了充满美好回忆的公园，深藏于心中的记忆和想象的乱麻舒展开来，又在内心混乱的状态下纠结在一起，从而误入奇妙的世界，和一群看不见面部的乘客一起乘上了梦幻的列车。第二次见面也许就是今天。究竟是今天，还是昨天，或者是前天呢？这已经不重要了。可以确定的仅仅是，从第一次见面到现在已经过了三个月。我们在常去的餐厅品尝完法餐之后，在酒店的房间里聊了一会儿就分手了。真理子并没靠近窗边的灯罩，我们只是互相道别以后，她就回去了。尽管内心留下了失落和伤感，但我并不后悔。只是，当房间里仅剩下我自己孤零零一个人的时候，我感到以前珍视的信任感的确消失了，当我不断确认这一点时，我的精神再次受到重创，便用思绪的乱麻重新编织剪辑，在想象之中创建出虚拟的真理子。我在心里感受着想象和现实相混淆的场景，独自来到走廊。

我抬头仰望天花板上的灯光，在菱形排列的四盏灯中可以看到花朵。映射出花朵的灯光作为媒介，互相交错、缠绕，象征着内心中扩展开来的记忆和想象。

虚拟的真理子？是的，没错。真理子看着灯罩表面浮现出的老照片，和我讲述她小时候因为看到车灯照射遭遇鬼压床的经历。现在想起来，就好像是一个笑话。我也向虚拟的真理子讲述了我自己身上发生的事情。上小学那年的冬天，我在母亲的旁边钻进被子里，总是睡不着就起来了，感觉眼睛被从窗户射进来的车灯照射到，一瞬间失去了现实感，身体好像被勒紧了似的动弹不得，难道那就是鬼压床吗？那样的体验在当时只发生过一次，而且时间太久已经记不起来了。

但是，为什么偏偏是真理子呢？我曾经与之分手的还有其他女人。我听到母亲的声音说有个中年男子失去了所有人生中的期望，难道那也是我自己虚构的吗？我和站在住宅区屋顶上的中年男子不同，我并没有自杀，今后也不会自杀，正如那位心理医生所说，我精神方面并没有问题。但是，我可以理解。随着年龄的增长，我每天都在失去各种各样的东西。最初感觉到这一点是在父亲去世的时候。因为和父亲感情不深，所以并未感到悲伤和寂寞，但是在葬礼送别时，却真实地感觉到也许以后会丧失更多东西。那些值得我期盼的事情，例如小学时候的郊游以及年轻时心动向往的旅行等等，确实正在逐渐消失。十几岁的真理子对我来说，就是一个期盼的对象。虽然我们还并未做爱，但是我一直期待总有一天我们可以互相爱抚对方，尽管这种思绪有些粗俗，但是却直接地表达了"值得期盼的事情"。

真理子并未带我进入这个灯光连绵不断的奇妙世界。我与真理子之间的对话，全部都像是我的自问自答。

但是，我怎样才能从这里返回到现实世界的房间呢？如果就跟从梦中突然醒来一样，闭上眼睛又再次睁开眼睛，发现自己已经返回现实的房间里，那就会感到安心吗？第一次和虚拟的真理子告别以后，我乘上了出租车。出租车和司机都是我自己膨胀交错的想象的一部分，但最终我在不知不觉中回到了酒店。那种事情在这个地方无法做到。我甚至不清楚自己身在何处，只有混杂着花丛的灯光连绵不断排列在一起，视野模糊。我无法找到出口，甚至不知道自己是在走廊，还是乘坐在自动扶梯上，或者在移动中。出租车好像是开往通向现实的道路，这也许是我从膨胀的想象中提取出来的。是不是需要交通工具？但是，我不知道自己身在何处，便无法想到交通工具。而且，这个地方如同梦境一般，意志力不起作用。即使脑海中想象出口，出口也不会出现在花和灯光消失的地方。

虚拟的真理子曾经说过，这个就像地图一样。如果我推测正确的话，那是我自己联想出的话语。"这个"到底是什么呢？变形虫一般的白影如同漩涡，在我的胸口聚集起来。我望向自己的胸口，皮肤还有感觉，但是被一团白影环绕着，看不清穿着什么衣服。在法式西餐厅里，我穿着西装系着领带，返回房间时，脱下西服只剩下一件衬衣，也许衣服不是问题。

当我把手放在胸口上时，好像碰到一件东西，似乎我穿着西服，因为有口袋。我摸了一下口袋，发现有一个软绵绵的东西，我小心翼翼地将其取出，生怕掉落下去。原来是一台熔化变形的苹果手机。我不知道是不是还可以点击屏幕，是不是还可以用来联络，便轻轻触摸了手机上绿色的"电话"图标。但是屏幕已经弯曲变形，十分柔软，触摸也丝毫没有反应。毫无疑问，这是我自己的苹果手机，因为与之前不小心掉落在地之后碰伤的部位相同。既然无法触屏就无法使用，我刚想把手机放回口袋时，电话铃声响了。我当时全身惊吓得泛起一片鸡皮疙瘩，把耳朵贴在软绵绵的手机上。

"你还在那里吗？"

眼前的四盏球形灯垂落下来，从电话中传出熟悉的声音。

2

"你还在那里吗？"

耳边又传来重复的话语，但是声音不同。最开始像是母亲的声音，但在听到其他声音后便无法确定了。柔软的苹果手机从指间流出，差点滑落在地。我不得不轻轻地用手指捏住放在耳边。这种感觉还是平生第一次。虽然苹果手机十分柔软，但并不是像软体动物那样表面黏滑，手也没有沾湿。我知道它是由金属、玻璃、塑料等硬质材料制成的，但金属和玻璃不可能变得像现在这样柔软。尽管高温可以将这些硬质材料熔化，但这台苹果手机却十分冰冷。

"你还在那里吗？"

又在耳边听到了这句话。基本每隔几秒就听到一次，每次语气都不同，但毫无疑问不是电子声音，也不是播放出来的录音，而是人的声音。我能感觉到轻微呼吸，听着似乎是女人的声音，也许是男人的高音，或者是小孩的声音。

"你还在那里吗？"

这句话很短，无法听清楚是谁的声音。我小心翼翼地拿着柔软的苹果手机，生怕掉落在地上。这个时候，不知不觉那四盏灯消失了。那是少见的球形灯。我平生第一次看到那种外形的灯。我不知道那些灯去了什么地方，或许是我自己移动了位置。不久，我发现在我眼前出现了流线型的灯。顺着灯光，我看到了花朵，不知那是灯光照射出的形状，还是从灯里生长出来的。我想大概是我自己没有移动，因为眼前的流线型的灯也没有移动。灯的后面一片漆黑，看不清是安装在墙上还是柱子上，总之很难想象拖着电线的灯会移动。不过，这是什么花？眼前出现了像夹心软糖一样的花，在其后面模糊地看到了一些花瓣。

"你还在那里吗？"

又在重复同样一句话。我觉得像是真理子的声音，但是无法肯定。如果是真理子的话，也许她会使用敬语说"您还在那里吗？"。我正在思索中，眼前突然明亮起来，与此同时，那些映射出花朵的流线型灯顿然消失了。我乘上了一个像是自动扶梯的交通工具，两侧有扶手，双脚踏在阶梯状的橡胶通道上，身体在向前运动，但眼前看到的都是光点粗糙的影像，使我不禁怀疑，这是否真是扶梯。身体感到既像上升又像下降。在旁边有另外一个像是扶梯一样的装置。想必是一边上升，另一边则下降吧。没有上升下降的感觉是因为在正上方还能看到一个类似扶梯的东西，扶手和墙壁，以及正上方都有灯光，灯火通明，令人感到刺眼。

"你还在那里吗？"

几乎在同样的间隔下，又听到了同样的声音在耳边回荡。我完全听不出是谁的声音。声调和抑扬顿挫都不停地改变，眼前的景色也不规则地变化，让我无法集中精力去辨别那个声音。我突然想到，能不能在这台苹果手机上通话？这个声音在不停地向我提问，如果我回答它，说不定就能听到不一样的语言。如果能够通话，也许就能分辨出是谁的声音。但是，这台手机用力握住的话就会变形，可不用手掌托着手机，手机的下半段又会垂下去，变得支离破碎，所以很难把手机靠近耳边。看来似乎无法通话了。我用双手将通话口靠近嘴边，但手机就像刚出炉的薄底披萨饼一样柔软，时而对折，时而扭曲，深深地凹陷进去，仿佛要出现一个大洞。

"你还在那里吗？"

那里究竟是哪里？我用左手手指捏住苹果手机的下半段，将它尽可能地靠近嘴边问了一句，然而只有在单向前进的扶梯空洞中产生出回响，连我也听不清自己说了什么。我突然想起以前好像在梦中见过和现在十分相似的情形。我从前就经常会梦见打电话，比如用旧式的转盘式座机，食指插进去拨打号码后就拨不出来，按键式电话的按钮被烧焦，导致无法再按下去之类，基本都是这种怪梦，从来没有在梦中和别人正常通话过。或许在梦中是无法和人通过电话交谈的。就像现在一样，我曾经做过一个噩梦，手机突然变成柔软的黏黏胶，无法按下按钮，趁我稍不注意时，它就变成了一个怪物。最开始是变成海葵，然后是被扒去外皮的青蛙，最后是巨大的蛞蝓，将它贴近耳边，令人恶心。

"你还在那里吗?"

大概这个提问没有任何意义，也许根本就不是从苹果手机上发出来的声音。就在我胡思乱想的时候，自动扶梯突然加快了速度。我被上下左右四个宛如自动扶梯一般的装置通往透视的消失点吸引过去。即使如此，我还是不明白究竟是上升还是下降。但能够明确的是，它朝着一个点在移动。突如其来的加速，使我站立不稳，如果不抓住扶手，就会失去平衡，我将软绵绵的苹果手机塞进西装口袋里。就在将手机塞进口袋的那一瞬间，手机突然变得像死后干瘪的青蛙一样，让我吓了一跳，但我的手还是紧紧抓住扶手，闭上双眼承受住高速移动带来的压力。我不知道移动了多久，速度逐渐放缓，然后完全静止下来，我便睁开了眼睛。

"出去了吗?"

我听见了不同的语言。我手里已经没有拿着苹果手机了，所以声音应该来自其他地方。

"你能看见灯吗?"

那是母亲的声音吗?听起来十分亲切。但是,大概母亲不在这个奇妙世界里。周围四处都是如同鱼鳞一般的天花板、柱子与墙壁,灯如同屏风一般重叠摆设在周围。空间如同被折叠在一起,我无法辨别灯的排列有没有规则。这些并不重要。不过,灯本身有意义。虚拟的真理子出现之后引发的所有事情,都与灯有关。当三道光束出现后,我乘上了一辆奇妙的电车,所有人都背朝向我,而且看不见他们的面庞。在那之后,真理子说在灯罩上能看到人们的面颊。那不是真实的真理子所讲的话,而是我自己借虚拟的真理子诉说的内容。所以,我现在听到的这个声音,大概同样不是真正的母亲的声音。难道它源自我自己吗?即使如此,这些灯究竟意味着什么呢?

"你曾经是一个记忆力很好的孩子。"

这次毫无疑问是母亲的声音。但是母亲并不存在于这个布满灯的世界里。

"我和你父亲都很惊讶,你从小时候起,就能够记住那些很小的事情,有很多细节的事情,而且,你总会详细告诉我们。"

良好的记忆力造就了我现在的工作。我的记忆力再配合上想象力,才令我能写文章描绘细节。

"在木野岭的那条昏暗的山路上,你当时想要问我这里是'这个世界'，还是'那个世界'。那时，你不过四岁，比起你的这个疑问，你能够记住这样的疑问更加重要。所以，你当时一定很害怕那条昏暗的山路吧？"

人不论是不是小孩子，都会害怕黑暗。因为不知道暗处隐藏着些什么，所以无法控制自己的内心充满想象。黑暗，是将我封闭在想象的世界里的巨大机器。

"灯会为人打破黑暗。"

母亲的声音轻柔温馨。

"灯既能为你增添信心，也会令你陷入混乱。就如同记忆与想象，既能为你助力，又能令你陷入混乱一样。"

3

灯光究竟象征着什么呢？我向自己提出疑问，同时等待着母亲的回答。但我听不到她的回答。

"你还在那里吗？"我反复听到这样的询问，刚才还听到"出去了吗？"。所谓"那里"究竟是一个地方吗？真理子残存的影子如同变形虫，形成白影一直环绕着我。难道是指白影吗？乘坐像自动扶梯一样的装置时，白色光影突然消失，视野豁然开朗，那就是所谓的"出口"吗？恐怕灯光并不象征什么，只是照亮周围环境使某些物体闪现出来，或者为映射人影，在灯罩表面映照出图像，或者使记忆投射在灯光之中，等等，仅此而已。一定是一种起催化作用的东西。

"音乐呢？"

我听到了母亲的声音。

音乐？您是问可不可以听到音乐吗？自从我陷入想象超越现实的世界，只有图像的记忆在脑海中旋转，没有听到音乐，甚至没有感知到任何声音。

"我总会想起盛开在蓝天下的百日草。"

百日草是母亲最喜爱的花卉。但是和音乐又有什么关系呢？

"百日草花如其名，可以长久盛开。我的故乡到处都能看到百日草。我的母亲很喜欢花草，她在一处田地中种植了许多花。她好像最喜欢百日草，便种下许多。百日草真是生长力旺盛的花卉，它既能忍耐夏日的暑热，也不畏惧秋日的风寒，始终竞相盛开。"

这确实是母亲的声音，但并不是母亲现在对我说的话。真理子说的话，以及虚拟的真理子的独白都只是我自己内心的语言。所以，现在听到的母亲的声音也一定是我自身记忆再现的结果。母亲是战后从朝鲜半岛被遣返回日本的，她的父母在大正时代末期移民朝鲜，在釜山附近的农场务农，母亲在那里出生长大。母亲不愿说起朝鲜时代的往事，可我记得她总是说起百日草。不过，母亲在讲起百日草之前，为什么要询问音乐呢？

那盏灯又出现了。究竟是出现在我的眼前，还是由于我的想象而出现在我的眼底里呢？不过，现在出现的这盏灯和以往的都不同。灯光的焦点不准，中心有一个明亮的白色光点，周围有一道光晕，整体模糊不清。灯后面似乎映射出人影。光线十分昏暗，很难辨认出图像，但是有些像母亲。这盏灯纹丝不动，强度始终如一，光线并未摇晃，焦点也没有变化。中心的光点和周围的光晕也维持原样。因为缺乏透视感，当我注视着这盏与我保持固定距离的灯时，感觉到周围的环境和我自身的存在感也渐渐稀薄，我不知道自己在哪里。不仅如此，我甚至不能确定自己是否真的存在，周围的一切都变得模糊。我是不是正在消失？我陷入了一种不安和恐惧之中。但是，我却很怀念这份不安和恐惧感。不知从何时开始，我就开始与这份不安和恐惧共存。我想起来了，那是从看心理医生时开始的。医生开了一些镇静剂给我，只有喝下镇静剂，我才能感觉到内心的安宁，这样严重的病情持续了多年。心理医生根据治疗计划，只给我开出剂量较小的镇静剂。我也不知道服下的适量镇静剂是否见效了。听我讲完后，心理医生说："您喝完后能感到安心，是吧？这才是最重要的。"

"百日草一直绽放在我的心中。"

我再次听到母亲的声音。

"每当我想到出生长大的农场、父母和家人,百日草必定会浮现在我的眼前。我无法从百日草的记忆中摆脱出来。我曾经试图去想象其他事物,以此来代替百日草,但脑海总是会被面向蓝天绽开的百日草所覆盖。不知不觉中我早已明白,那些记忆大概已深深印刻在心里。我知道你一定也有相同的感受。或许你在一段时间里觉得疲惫不堪,睡眠和烈酒都无济于事,一直很苦恼。你还记得吧,那些日子里总有事发生,这一点我也知道。"

"音乐。"

我的自言自语和母亲的声音重叠在了一起。当我感到身心不安时,我的脑海中总会突然响起音乐声。我越想让音乐停止,它的音量反而越大。这不是幻听,心理医生也反复说这不是疾病的症状,让我不要担心。但其原因不明,这种情况持续了半年之久,我只能增加服药次数和药量。音乐并不是突然回响在我的脑海中,而是静静地开始,始终持续。那些音乐都是我从前经常听的乐曲,有流行曲、民谣、爵士乐,还有古典交响乐,种类不固定。不久,我注意到其中也有规律可循。从开始到最后都是我熟悉的旋律,如果是歌曲,都是那些连歌词我都记得的曲子,而且都是一些从几个月到几天前偶然听到的歌曲。但是，重复听到我自己并不想听的乐曲会令我感到不愉快，于是用播放器播放其他音乐，并且把音量调大，大到可以惊醒书房里打盹的猫咪，可并没有什么效果。我脑海中再现的音乐会遮盖住外界的大音量乐曲，或是从外界的乐曲间隙中闪现出来，持续一段时间后，会感到从播放器里放出的音乐变得断断续续，听不出是音乐，这反而加重了我焦躁不安的情绪，我感到十分恐惧，担心这样下去会精神失常。

母亲是想告诉我什么吗？不，当然并不是母亲在和我说话，那是我自己想要表达的内心。我让虚拟的真理子说出我内心的语言，使我回忆起以往和真理子在一起时的时光。这也一定是借助母亲的声音让我回想起什么，让我发现什么。那段时间，充斥脑海的乐曲是一种听觉。它没有具体的规律，唤起了沉睡在我记忆中的旋律和歌词。我自己无法控制。心理医生也说这不是疾病的症状，也不是幻听，我也明白那种现象出自我自己的想象。我感觉到脑海中不断重复的乐曲会让实际从播放器中播放出的声音变得断断续续。那个时候，听觉给我了启示，使的想象与现实相混淆。或许，现在同样的情形发生在视觉上。到目前为止，出现的画面可能都是在现实中、在电影中或在梦中出现过的，也许我以前见过它们。当我从虚拟的真理子和杜鹃花之间经过时，成群结队的逝者像闪电一样闪现，这又是怎么回事？难道全部都是我曾见到过的人吗？虚拟的真理子说他们都是死者。既是杀人犯又自杀的那个男人给我留下十分深刻的印象，各种各样的人一个接一个，飞速在我眼前经过，转瞬即逝，我或许把他们都当成了死者。

如果一首乐曲突然闪现在脑海中，并且不受控制，不断重复，且视觉上也出现同样的状况，那究竟是什么原因，又出于什么目的呢？心理医生告诉我，每件事都有其意义，您思虑过多，有时会引起恐惧和焦虑，但它不会导致人格崩溃、思维停止或意识和感官模糊，所以并不是不正常。我自己也感到突然听到的音乐中有某种意义，或者存在某种原因。它是如此简单。我对新的音乐根本不感兴趣！我曾经认为，古典交响曲，只不过表演者不同，都已成为过去，爵士乐、摇滚乐，以及民谣和流行音乐作为流派都已不复存在。对当时的我来说，音乐就是过去。我的精神状态不稳定，而且对我来说，随着年龄不断增长，开始失去寻求新刺激的动力和欲望，除了过去，我对其他任何事情都没有兴趣，音乐将我自身投射出来。

"有一个女人在奔跑。"
我听到母亲的声音。

"这个女人心绪混乱。她所爱的男人，在绝望中酩酊大醉，走在一条山路上时落下悬崖。那个男人被人放在一块门板上抬回来，身体和面部盖着草席。女人在前一天晚上拒绝了他，做出了无可挽回的事，造成了无可挽回的后果，她十分迷茫，只能边跑边哭，除了在内心里大声咆哮之外无能为力。她周围的风景凌乱破碎，视野变得模糊，脑海一片空白。但是，对于她来说，这并不是初次的经历。"

　　她以前也有过这样的经历吗？

　　"我们都有过这样的经历。世界仿佛停止运转，眼前一片黑暗，或者说，完全失去视野，周围的一切都陷入混沌之中。我们每个人都会有这样的经历。"

　　我也曾经有过吗？

　　"当然，当你还是婴儿的时候，当你的眼睛还没睁开的时候，你就已经处于那样的世界里了。"

第五章 「女儿、妻子、母亲」

1

"婴儿时期,你处在一个混沌的世界之中,并且接受了它。这和现在很相像。也就是说,要回到原来的世界是非常困难的。这就和很难回到婴儿时期以前一样。所以,请参考一下音乐。你已经接受音乐了吧?"

我听到的这番话非常抽象,令人难以理解其中的含义和形象。混沌的世界、婴儿、原来的世界、音乐,这些之间没有任何关联,若是要去理解其中的含义和把握形象,就更难判断那是不是母亲的声音了。我不仅无法分辨声音的音色、语调和遣词造句的方式,而且也在逐渐丧失分辨的能力。然而,这种虚脱感却神奇地令我心生雀跃。我并不是灰心丧气,认为是谁的声音都无所谓,而是产生出一种感觉：已经从确定声音、面庞或是记忆中解脱出来。

"请乘坐自动扶梯。"

自动扶梯？在哪里呢？我来这里之前，曾和变成一团白色光影的真理子一起乘坐了自动扶梯。还有，想要使用熔化的苹果手机的时候，也乘坐了上下左右排列着的如同自动扶梯一般的交通工具。它突然加速运行，我不得不抓紧扶手才站稳脚跟。然后，它终于静止，带我来到这里。这里究竟是哪里？我应该来到一个地方，那里的天花板上排列着有规则或不规则的灯，但是那个地方已经没有了。

"请乘坐那个像是荧光管做成的、通体散发着白光的自动扶梯。"

在我的眼前，真的出现了一台由荧光管建成的、闪烁着白光的自动扶梯，而且我已经乘上，正在移动中。我终于意识到，在这里并没有空间概念。我并不知道这里是由什么组成的，究竟是像梦境一般的想象和记忆的世界，还是我自身的幻觉，或者是和现实世界不同次元的精神世界？总之，这里没有空间概念。所谓空间概念，即使那是梦境之中，也能明确。

在我听到让我乘坐自动扶梯的指令之前，还曾提到了音乐。

"请你参考一下音乐。你已经接受音乐了吧?"我听到的是这样的建议。以前,每当我的脑海中突然响起音乐并为此感到烦躁时,我就以为是幻听,便去精神科就诊。但医生告诉我说,您能理解这个音乐不是现实的,而是在心中听到的,所以并不是幻听。据说这和电脑中保存的音乐不小心播放出来一样,只是深藏在我记忆中的音乐无意识地在脑海中响起。这时候,我会用以前对付令人烦恼的耳鸣的方式来对付它。

心理医生对我说,谁都或多或少有一些耳鸣症状,关键在于你是否在意它,或者是否介意它。一旦你介意它,就会心烦意乱,想方设法地去摆脱它、根除它。如果你想通过做其他的事,比如专注工作或是观看电视,来根除耳鸣,它反而会更加严重,越发引人介意。我有一次决定去关注耳鸣。我当时集中注意力,尝试去听它是怎样的声音,是否有强弱和节奏。我不去想如何根除耳鸣,而是特意将注意力集中在它上面。那是一个颇有意思的经历,当我闭上眼睛将注意力集中在耳鸣上时,尽管它并没有消失,但是我渐渐地习惯了耳鸣的声音。就像是习惯了小溪的潺潺流水声和和煦的风声一样,耳鸣于我而言,就像是很久以前经常听到的声音。

我认为这突然在脑海中响起的音乐也和耳鸣一样，我不再厌恶这些不断重复的乐章，而是集中精神去听，是不是马上要进入合唱部分，或是还有一句就要变调，有没有从高潮的第一拍开始就使用充满刺激的吉他独奏。我并没有勉强自己享受这种音乐，那是不自然的做作的想法，我只是放松神经，一味地去接受它而已。虽然烦躁的感觉并没有消失，但大致能够在音乐突然响起的时候，将它当作自然而然的事情，从而减轻自己的焦虑。

　　请你对照一下音乐，是否意味着要仔细观察眼前展现的光景呢？是否在告诫我不要被眼前变化多端毫无关联的场景所困扰，不要陷入不安心理，而要去接受它呢？于是，我抬头眺望着这座由荧光管交错组成的自动扶梯的远处，也就是透视法的交叉点的尽头。然后，我惊呆了。我看到了母亲怀抱着婴儿时期的我。

　　我一直牢记着那个情景。母亲以前曾经是教师，她带我一起参加学校的远足旅行，在小山丘上，她一直抱着我。我出生在沿海城市，母亲从小就经常带我去海滨游泳。小时候，我很喜欢玩水，一直泡在海里直到身体冰凉，当母亲把我抱上岸时，我会生气地吵闹。当时，我还不会游泳，只能抓住救生圈在海里漂浮，即使浑身冰冷嘴唇发紫也不想从水里上来。那种感觉至今仍然残留在记忆中，但当时的场景并没有印刻在脑海里。

"是的。这就是我反复向你强调的。"

我又听到了母亲的声音。这次我能肯定那是母亲的声音。

"我不管怎么跟你说，你都不肯从海里上岸。你身体着凉，无数次感冒发烧、腹泻，每次都要去儿科看病。我下决心今后无论你怎么生气哭闹都要把你从海里抱上来，擦干身体，但是这些都不管用。因为你会用小手脚扑腾一通，边哭边叫边挣扎，所以每次都是听任你，泡完海水浴后都要带你去儿科看病打针。打针的时候，你还会吵闹、生气、哭叫，但那时还小，你无法理解这是因为在海水中长时间浸泡造成的。不过，我很喜爱你这样的性格。喜爱你的什么性格呢？喜爱你直爽坦率、好恶分明的性格，哪怕会感冒、腹泻，也不想离开大海，喜欢泡在海里。我那时还很年轻，不知道怎么教育孩子，随你任性自由，因此经常被你父亲责骂。尽管如此，我还是喜爱你这种执着、追求自己喜爱的秉性。

"你一直是这样的孩子，无论是幼儿园、小学、青春期，或是工作后，你都没有改变。讨厌就是讨厌，无论谁劝都不会让步。我已经不记得学校老师跟我说了几十遍，还是上百遍。这个孩子不正常，不听老师的话，只做自己喜欢的事情，不管怎么教育、训斥，甚至体罚，他仍然十分任性，决不服从管教。从没见过这样的学生，家长是怎么管教他的？不能太娇惯孩子，世上有很多事与愿违，这些必须从小就学会适应。但是您家的孩子碰到不顺心的事情就会发脾气，那他长大了怎么办呢？老师很担心。从你小学到高中，我一直听到老师们这样抱怨，每一次我都反复道歉，但我仍然喜爱你的性格。一想到这个孩子不管是谁来强制他做不喜欢的事情，他都决不服从，这一点让我心情舒畅。对了，你还喜欢在河边捡石头，然后扔到河里。你发现石头大小不同落入河里的声音也不一样，所以你就尽可能地找大块的石头，不停地扔到河里。不管我说多少次你都不会停，直到你自己玩腻了，有时会在河边待上两个钟头，一直扔石头。我也担心过这个孩子以后会成长为什么样的大人，但我觉得你会成为决不做自己讨厌的事情的那种人，这对我来说十分重要。我曾担心你长大以后会因此吃很多苦头，但最终这都是小事。重要的并不是你辛苦与否，或是你成为什么样的人。对你而言，当然也对我而言，最重要的是：不管谁怎么说，你都决不会做自己讨厌的事情。你明白吗？你认为你现在正处在混沌的世界，是不是？不过，你从婴儿时期开始，当你还不会说话时，你就是一个决不会做自己讨厌事情的孩子，而且，至今也未曾改变。"

2

你从婴儿时期开始，当你还不会用语言完美表达自己时，你就是一个决不会做自己讨厌事情的孩子，而且，至今也未曾改变。这究竟是什么意思？其实，我根本没有考虑的必要，正如字面意思。我是一个决不会做自己讨厌事情的人，时至今日也未曾改变。也就是说，之前我认为是被真理子引导才穿越到这个奇妙空间，其实不然。按照心理医生的说法，就是我过度的想象超越了现实。人一旦失去了现实感，不仅是我本身，恐怕所有人都将陷入一种深深的不安之中。现在，我仿佛身处交叉的自动扶梯之中，密密麻麻的红色落叶不可思议地覆盖了整个视野里的一切。

　　我突然开始寻找真理子。但是所见之处都没有真理子的身影，她只是我臆想中的虚拟人物，实际上并不存在。她讲过的话其实都是我自己的心声。也许我并不是被她引导而穿越到这里的。因为从母亲的话里可以听出，现在的我仍然是一个决不会做自己讨厌事情的人。难道是我自愿来到这个奇妙世界？不，绝对不会。这里不通世理，令人感到不悦，而且好几次让我陷入不安之中，甚至有时感到恐怖。没有人会自愿进入这种地方。至少，我没有任何意愿想要进入这个世界。我不记得自己曾经选择来到这里，我就好像是一个迷路的孩子。

　　"迷路的孩子。"

我不断反复回味这几个字。是我在反复，还是母亲的声音？短短的几个字，让我无法确定。

"你回想一下吧？"

好像是母亲的声音，但是母亲并不在这里。偶尔仅有老照片般的影像映入眼帘，但是并不足以辨认面容，甚至都不能像虚拟的真理子那样站在身旁。不知从何时开始听到的母亲的声音，总会让我想起些什么，总会告诉我些什么。但是，那声音和话语只不过是我从记忆里产生出来的。不过，与虚拟的真理子有所不同的是，母亲并不只是重复我心中所想，或是再现我的内心。她的言语藏在我记忆深处，像从海底深渊缓慢浮上海面后爆裂的气泡一般，不断涌现。总之，并没有出现神秘的现象。我并非同故乡养老院里的母亲在异次元的空间里展开交流。我记起来了，年迈的母亲，去年突然患上支气管炎，声音经常沙哑。几个月之前，我去看望她的时候，她说喉咙疼痛，难以忍受，最后只能用纸笔进行交谈。所以，现在我肯定没有和母亲面对面交谈。

"你以前经常迷路！"

在年幼之时，我几乎每天都找不到回家的路。父母都忙于工作，所以将我寄养在祖父母家，幼儿园放学之后，太阳开始西斜的时候，我总是漫无目的地从家里飞奔出来。当时我才四五岁。

祖父母的家在陡峭的山坡的半山腰，跨过门槛，打开门沿着台阶向上一走，就会看到一片墓地和一条可以通公交车的大路。这条路虽说直通山顶的风景区，但是周围都是树林和田地，景色平淡无奇。我曾经从这条大路一直走到山顶，最后被警察发现并带回家。在那之后的一段时间，我不再走上台阶。倒不是因为害怕惊动警察，而是毫无变化的风景着实让人不感兴趣。

"你曾经无数次迷路。所以，我们在你穿的衣服上用别针别上写着住址和名字的标签。每当我们问你，为什么非要跑那么远呢？迷了路你不害怕吗？你总是忍着泪水说害怕。但是，一到第二天，你还是会跑出去迷路。那样反复了好多次，是不是？你想起来了吗？"

你想起来了吗？当我听到这句话时，我不禁打了一个冷颤。因为我不仅想起了过去迷路的经历，甚至还发现与我现在所处的境况十分相似。小孩子大概都曾经有迷路的经历，但没有一个孩子会喜欢迷路。迷路会令人不安，甚至有时会陷入恐慌，感到恐惧。因此，大多数的孩子体会到一次迷路的恐怖之后，就会听从父母的嘱咐，不再独自外出。但是，道理虽然如此，我却与众不同。

孩子们都是在一瞬间迷路的，而不是逐步开始迷路。记忆中的街景突然全部消失，风景完全不同。我年幼时，非常喜欢那个瞬间的变化。

　　"你曾那样说过，那就好像在翻阅一本画册。"

　　是的，就是那样。我记得曾经向母亲说过这样的话。虽然不记得确切时间，究竟是在年幼时，还是上小学以后，或者是长大成人以后，但我的确曾将一瞬间变幻的风景比作画册。翻看画册的时候，时间快到睡觉时分，于是只读到一半就停下了。第二天，我仍然会从开头重新翻起。当然，中间部分之前的画都留有印象。那就像记忆里的街景一样，我一边想着昨天读到的地方，一边翻着画册。突然，一幅从未见过的画映入眼帘，崭新页面里的画越刺激就越使我感到兴奋。这就是所谓被印象所支配。这就同记忆中的街景突然转换为未曾见过的那一瞬间一样。

　　有一次，我从住宅区的边上进入一条还没铺柏油的小路，走上一段后，来到一个长满杂草的空地。我发现道路的尽头有一个幽暗的隧道，当我穿过那里，便走到一个阴森的树林。那时是秋季，我前方有一片红叶林，山中小路上铺满了落叶，在那里我意识到自己迷路了，已无法分清远近，这时，我感到一种无法名状的恐惧，呆呆地站在原地。我不认识这里，更没来过这里，甚至不知道我到底在哪里。我忘记了自己是怎样来到这里的，回不了家，也没有一个可以回去的地方，一连串的疑问充斥在我的大脑，身体动弹不得。那一次，最后是如何回到家的，我已经忘记了，也许是谁看到别针上的名牌，然后将我领回家。除了那一片在视野中歪歪曲曲的树林以外，其他的已然从记忆中慢慢消失了。

"就像画一样。"

母亲的声音在模仿幼年时代我的口气。

"真像一幅画呀，那是你的口头禅。"

在声音的深处，我仿佛看到了母亲慈祥的笑脸。她面带笑容，默默站在我幼小的身体背后，看着我不断翻阅画册，在守护着时而乐在其中，时而感到恐惧的我。

"你真的喜欢画册，应该是喜欢画吧！你打开画册，一直盯着它看，说想要钻进画里的世界。我有好多次都感觉你真的进入了画里的世界。那么，你现在在哪里呢？有没有觉得进入了画中的世界？"

也许是那样。心理医生告诉我过度的想象会颠覆现实世界，是不是说想象凌驾于现实之上？我真的钻进了画里的世界了吗？但是，这个奇妙空间和我自己所喜欢的画完全不同。这里并不是一个个清晰的图像，而是错综复杂、浑浊不堪、没有任何规则地重合在了一起。清晰明了、一览无余、井然有序的地方连一处都没有。我从未看过这样的画。

"不对。"

又听到了母亲的声音。不对？哪里不对？

"我一直在观望你现在所处的世界，你记不清了也没办法。毕竟这是你刚出生后不久的事情，没错，大概就是刚出生之后，大概多久呢？差不多是出生三个月的时候吧。你现在和那时所看到的世界完全一样。"

奇怪了，我那样想。我不记得母亲对我说过这样的话。我不曾听她说过。实际上我听到的，应该是曾经听到母亲说过的，或者我向母亲说过的话才对。可现在母亲所说的话我完全没有听过。话说回来，我也不可能向母亲说起我刚出生后不久的事情。我现在虽然在这个无法自我控制的奇妙世界里，但我的记忆仍然清醒，并没有弄虚作假，我还能发现真理子是虚拟的人物。

"当然，你刚出生三个月时，并没有看到现在这样的酒店里的灯光。只是你那时看到的外面的世界，就好像现在这样的感觉。那是一种世间所有事物还毫无秩序地出现在你面前的感觉，是你成长过程中最开始的开始，外面的世界是一个无法理解、毫无意义的存在。所有事物混杂在一起，无法辨别。你无法理解母亲的脸和她所处的背景之间的关系，无法分清头顶上旋转的玩具和天花板之间的区别。你正在重现这一切，正在重现刚才所说的世界。究竟是为什么？只有你自己才能明白！如何才能搞清楚？能够解答这个问题的也只有你自己！"

3

出生后三个月的婴儿所看到的世界，母亲的声音那样告诉我。所有的一切混杂在一起，而且混杂的一切都无法辨别。我不懂是什么意思。我现在似乎正在再现这样的混沌世界。这个自己无法控制的、想象颠覆现实的世界，我以为仅仅像遭遇交通事故那样，陷入这种处境，难道不对吗？是我自己有意再现这种世界吗？不过，我为什么要这样做呢？我左思右想，突然意识到这可能就是患上了精神病，顿感恐惧。不过，那个年轻的心理医生告诉我，这不是幻觉和幻想。他还举出各种精神病、抑郁症、精神障碍以及痴呆妄想症等病例，告诉我完全不同。我再现出生后三个月的婴儿所看到的世界，究竟有什么意义呢？

"没有什么意义！"

我听到一个声音。这次不是母亲的声音。我突然觉得谁的声音都无所谓。

"不要去问什么意义，也不要去理会是谁的声音。"

声音在周围回荡着，那是我自己的声音吗？的确，谁的声音并不重要。声音只是一个信息，没有必要考虑是谁的声音，重要的是接收信息。

"你看到的一切最重要。"

是的，我只需要观察，不应该去理解看到的一切。如果要理解含义，就需要寻找规律。这里不存在规律，灯光在四处闪烁，自动扶梯上下左右交叉运行。我为了寻找其中的含义，下意识地寻找规律，将目光和注意力全部投入异次元的组合。似乎哪里异常？不，是周围一切都不正常，我一直在脑海中胡思乱想。那是错误的，应该静静地观察。

刚才，我在自动扶梯那样的装置的交叉点深处，发现了遥远的自己。我不断思索，不应该惧怕无规律的存在，不要去寻找秩序和合理性，应该将精力集中在观察。当我想到这里时，出现了几条交叉的光柱，在其下方闪现出一朵花。微小的、色调黯淡，最初我并没有意识到是花。也许本来并不存在，是我决定放弃寻找存在的意义之后才闪现在我的视野里。

那朵花慢慢地在我的眼里逐渐增大，不久便分成两朵，开始交叉。我记得这种花，那是我住的酒店房间里摆放的花，总在房间的书桌上。我每次入住时，花的种类都不同。但是，那个房间里的真正的花束是不会交叉的，现在所目睹的两朵花勾起了我的性欲。它就如同两面镜子一般左右对称，两个花瓣的尖端相连，使我联想起两性相交。它们交错、重合，相互紧密拥抱在一起。当我注视着这个图像时，我感觉到了什么，好像接收到一个信息。大概不是来自花，而是来自花所唤起的形象，刺激我的记忆。你究竟在哪里？不应该确认的大概不是意义，而是场所。现在所处的场所才具有重要的意义。那个信息这样告诉我。我问自己，从眼前毫无规律组成的、转瞬即逝的各种图像究竟能理解什么含义？我必须确认现在所处的地方，如果不能发现这是个什么地方，将会带来灾难性的后果。

现在所处的地方？那是一个我不认识的地方，我不知道自己身处何处，也不知道将要去向哪里，我怎么才能确认？我是不是应该回忆起我迷路时的经历，我去找周围的人，问他们这里究竟是什么地方。人们一般会告诉我地名，我对照那个地名和我家的地址，然后再问方向。按照那个方向向前走，不久便看到熟悉的风景。不过，现在周围无人。只有各式灯光和交错运行的自动扶梯似的装置。不知什么时候，那朵交叉的花也消失了。为了了解现在的位置，我需要掌握自己和周围的关系。当我理解到这一点时，一张老照片映入我的眼帘。那是一张黑白集体照，就如同幻觉一般，闪现之后随即消失了。我不知道自己是否在那张照片里，不过，那是一张奇怪的照片。画面形状扭曲的照片，就好像藏在柜子或者壁橱之类的狭窄幽暗的空间里打开一个缝隙时看到的风景一样。

我感觉自己不知什么时候隐身在一个柜子或者壁橱之类的狭窄幽暗的空间里。眼前的景象就像打开一道缝隙的窗户或者房门，视野只有一条缝隙。好像是谁让我隐身在此，但是我不知道那人是谁，也不记得是不是得到暗示，让我藏身于此。也许是我自己。要再现这个世界的是我自己。周围正在不断变化，既没有灯光，也没有自动扶梯。

"是你自己藏在那里的。"

我的确隐藏在一个狭窄幽暗的地方。眼前看到的不是照片，而是一个活动的画面。仍然是以前的风景。一个身穿和服的老妇人坐在公园的长椅上，愁容满面，不知道遭遇到什么困难。季节似乎是夏天，她用手里的手帕擦拭着脸上的汗水，但看上去似乎也像在擦拭泪水。一个老人推着婴儿车慢慢走来。两个人好像认识，他们鞠躬互相问候，但是眼前的缝隙里只有图像，听不到她们的声音。

那个老人穿着破旧的西装，满面笑容地和那个老妇人说话，但从外表和表情上看，他身体十分疲倦，生活也非常困苦。两个人交谈了几句之后便分手了，老人继续在公园散步，车里的婴儿突然哭泣起来。老妇人默默地看了一阵，突然起身跑向老人。她叫住了老人，然后抱起婴儿。老妇人熟练地哄着婴儿，不久，那个孩子便止住哭声。大概老妇人以前哺育过自己的孩子，她的动作十分熟练。看着婴儿的面庞，老妇人露出了微笑，大概她想起了自己的孩子还是婴儿时的情景。

　　突然，传来了众人的怒骂声和脚步声，怀抱婴儿的老妇人和老人惊讶地看着那里，面露惊恐之色，快步离开了公园。公园对面有一座小楼，似乎不能称为小楼，而应该说是小屋。从里面慌慌张张地走出两个穿制服的男人，他们好像是警察，但制服不是现在的警服，腰上挂着一把佩剑。刚才的那位老妇人和老人的衣服和发型也不是现在的。那应该是以前的警察。两个警官看着众人怒吼着奔来，其中一人拔腿就跑，另外一个警官用手拦住他，伸手拔出了佩剑。刀刃呈现出弧形。怒吼声和尖叫声四处响起，另外一个警官也刚要拔出佩剑时，突然捂住脸，身体后仰，摔倒在地。我眼前只有一条缝隙，图像也十分昏暗，看不清楚，似乎人群里有人扔出了一块石头。石头相当大，打破了小屋的玻璃，窗框也掉落在地。究竟发生了什么？

"那是你从前待过的地方吧？"

那是母亲的声音吗？那声音在狭窄的空间里回荡着，听不太清楚。在眼前的缝隙中，涌进了大量的人群。他们衣衫破烂，好像是旧时代的日本和服，浑身沾满了污泥和汗水，而且只有一小部分衣衫遮体，宛如赤身裸体一般。我究竟身处何方？我从没见过这种场景。我从没见过腰挂佩剑的警官、衣衫褴褛怒吼狂奔的人群，我也从没在电影中看到过这种场面。

"你就是我。"

这次似乎是母亲的声音。当然，不是现在的母亲，好像是年轻时的声音。人们聚集在一起，围住了两个警官。其中一个警官捂着脸坐在地上，另外一个挥舞佩剑，试图喝退人群，但是人们手中的石头像雨点一般打在他的身上，佩剑脱手掉在地上。有一个彪形大汉捡起那把佩剑，刺向警官的喉咙。紧接着，人们一起扑上前来，用手中的铁锹和棍棒以及石头，纷纷打在警官的身上。

"这就是。"

母亲的声音又在耳边响起。我想起来了，这是我曾经听母亲讲过多次的故事。是母亲在朝鲜经历的战后的情景。父母让她藏起来，她便隐身在壁橱里，从那里看到愤怒的朝鲜人痛打日本的警察，嘴里呼喊着朝鲜语的口号。以前，当地禁止朝鲜人讲朝鲜语。而且，愤怒的人群不久便冲进了母亲的家里。

第六章 「女人中的陌生人」

1

现在，从壁橱的细小门缝中窥视外面的不是母亲，而是我自己。父母让她藏起来，母亲便隐身在壁橱里，紧闭拉门，屏住呼吸躲在里面。不久，她想了解外面的情况，便轻轻地拉开了一条缝隙。母亲是长女，弟弟和妹妹们也藏在壁橱里。可是，我感觉不到周围还有其他人。这里应该没有周围这一概念。我继续躲在狭窄的空间里向外面张望。

那时，院子里百日草盛开。百日草能忍耐夏日的暑热，自初夏一直盛开至秋季，花期超过百日。能够如此长时间盛开的鲜花估计只有百日草，樱花转瞬即逝，梅花和杜鹃花、菊花以及山茶花盛开之后都会凋零。我住的地方是朝鲜的最南端,马山附近的小村庄,当地的地名和车站的名称相同。"我"指的是谁?现在究竟是谁在说话?母亲给我讲述的故事深藏在我的记忆之中,就像是画面解说一样回响在我的脑海里。并不是我自己在讲述故事,我的嘴唇和声带都纹丝不动,也没有听到母亲的声音。这是记忆转换为语言,就像电影字幕一样闪现出来。所以,我既没有说话,也没有在听。回响在脑海中的话语的主语是"我",我不知道那是母亲,还是我自己。不过,这些都不重要。这只是由记忆唤起的语言,辨别这些没有什么意义。作为讲述者,我已经和母亲混合在一起。

住处是一座瓦房的农舍,有一个宽阔的院落,放养着母鸡,周围都是田地。那些田地并不是耕作整齐的农田,而是到处都有露出寸草不生的土壤的空地。百日草就盛开在那些空地和院落的边上。我对于百日草的记忆特别深刻,那是和平时代的象征。夏天,父母和弟妹们在院子里吃水果时,五颜六色的百日草总是静静地在微风中摇动,而且,百日草还是令人想起那天,是战败那天令人恐怖的记忆的象征。手持镰刀、棍棒和石头的人群踩着庭院中的百日草,闯进我的家里。我担心父母和我们也像那两个警察一样被人们打死,他们会先杀死父母,然后闯进屋里寻找我们。

我们藏在壁橱里，马上就会被发现。人群中走出一个壮汉，他面对坐在走廊下的父母挥起镰刀。父母举起双手，制止那个壮汉，然后用朝鲜语说了几句话。我们在学校和家里都只讲日语，不会说朝鲜语。父母雇了十几个农夫干农活，需要用当地的语言沟通。

"家里有孩子，求你们饶了他们，杀了我们吧。"

父母好像讲了这些。不过，他们并没有杀死父母。人群中有一位德高望重的老人，他对那个手举镰刀的男人说了几句话之后，人们便踏着院子里的百日草出去了。我听不懂朝鲜语，不知道老人讲了什么。父母过了很久才对我讲起那天的情景，那是在我们逃回日本之后，过了几年，他们才告诉我的。

"这里就算了，这里不能打。"

老人好像这样说的。为什么我们得救了？父母没有告诉我"这里就算了"是什么意思。不过，我后来推测可能父母对待干农活的那些当地农夫比较仁慈。父母从来没有打过我，也没见过他们殴打过别人。父亲喜好喝酒、下围棋和掷骰子赌钱，绝不是勤劳吃苦的农民，但也不是脾气暴躁的人。战争结束后的混乱时期，父母准备返回日本，正在收拾行李时，发生了一件事。我把家里和粮仓里剩下的米都收集到一起，我们不知道什么时候才能乘上返回日本的轮船，没有人会分给我们口粮，配给的粮食更不能指望。所以，我们必须带上所有的粮食上路。乘轮船要去镇海，那是以前日本海军的军港。去镇海要走整整一天，只能走路，没有其他交通工具。我从粮仓里收集了不到一升米，全部装进布袋，当我来到院子时，看到两个学校里的朝鲜朋友在等我。马山的高等女中是日本学校，日本人的子女优先上学，朝鲜人只有不到一成，因此，她们都是十分优秀的学生。我因为不等毕业便考入了京城女子师范学校，她们俩为了表示心意，特意送给我礼物。那是一块绣着红花和蝴蝶的白手绢，我特别高兴。

"留下吧。"

她们俩异口同声地劝我。留下？不行，我打算和父母、弟弟妹妹一起回日本。

"日本现在是一片废墟，而且你的故乡广岛被投下新型炸弹，好像死了很多人。你还是留下吧，我们一起生活。"

她们俩劝我。并不仅仅因为我们是朋友，她们喜欢我们全家。我谢过她们，告诉她们我们必须回日本。她们给了我芝麻饼，尽管只有几个，但是在那时是非常珍贵的食物。她们俩都是当地的富户出身，一定是偷偷把家里的点心拿出来送给我，我感动得热泪盈眶，我们握手告别。

母亲撕开和服，剪断腰带，用和服为每个人缝制了一个背包。那时没有书包，我们在背包里装上米和一点味噌以及水壶，一家徒步前往镇海。我们真能回日本吗？我反复向父母询问，但他们没有回答我。他们既没说能回去，也没说不能回去。途中，我们去沿途的人家要一些水喝，不断赶路。我当时是十七岁，弟弟妹妹们还小，我背着才两岁的弟弟，十三岁的弟弟领着八岁的妹妹，九岁的妹妹拉着六岁弟弟的手，艰难地步行。道路是土路，两旁是广袤的田地，盛开着百日草。烈日炎炎，我们满头大汗，但父母告诉我尽量少喝水，我记得当时忍耐着饥渴，不停地走路时，盛开的百日草为我带来了温馨。我终于明白，当人遭遇到逆境时，能看到以往经常见到的东西，会感到安心。所以，对我来说，百日草是具有特别意义的花。

为了排队上船，我们在镇海要停留几天。原来的海军军官家属优先登船，我们到镇海的时候，他们以前居住的房屋都已是人去楼空。米和粮食以及首饰之类的贵重品已经全部带走，但是还有井，能够保证饮水。我们见到在马山经营果园的亲戚，他认识海军军官，通过这层关系，我们在离开家第五六天的时候，幸运地登上了轮船。船上不提供食物，我们在甲板上用所剩无几的大米煮饭充饥。父母心地善良，虽然自己的米都不够果腹，但还是将米饭做成饭团分给那些饥肠辘辘的人们。我们都有可能要挨饿了，这不是干傻事吗？我对父母抱怨，但是他们厉声训斥了我。

"你帮了别人，有一天别人也会帮你！"

母亲如此告诫我，她的话有道理。正因为父母的性格，我们才得以在战后的混乱中死里逃生。那时，我察觉到这一点。实际上，我亲身体会到父母的行为是对的。分到饭团的人群里有一位医生，他对因晕船吐得昏天黑地的我们说，绝对不要吃橘子，你们尝尝这个，说着他拿出不知从哪里找到的一个苹果给我们。即使再恶心，也不要躺着，尽可能坐着或者站着，最好多看远处，医生这样嘱咐我们。

而且，他知道军舰到达的港口，乘船之前，有人对我们做过说明，但是由于混乱和不安，我没有记住地名，也不知道那是什么地方。我一边舔着苹果一边问他，这条船去哪里？他告诉我说：

"去佐世保这个地方。"

佐世保是什么地方？

"是军港，很早以前，我在春天曾经去过一次，我记得，油菜花特别漂亮。"

2

我听着母亲的故事，不，那是我自己的独白，不知不觉间，漆黑的狭小空间仿佛融化消失了。狭窄的壁橱似的空间完全失去了轮廓，而且在我周围，既没有发光扭曲变形的自动扶梯，也没有交叉的灯光，更没有三道光束。我同时感到一种失落和解脱，仿佛一切都消失了。我问自己这里究竟是哪儿，但很快就意识到这个问题毫无意义。我和真理子一起离开酒店房间后，始终漫游在这个迷宫般的世界，这是我自己创造出来的。然而，它既不是幻觉，也不是幻想，更不是白日梦。它并不是虚幻的存在。走廊里的地毯、自动扶梯的扶手、柔软的苹果手机，我都曾触摸过它们，的确都有质感。

我感受到了光。不是那种人造的、不自然地重叠或在表面上浮现出难以理解的图像的光。我可以看到树干和树枝之类的东西。它可能只是一个裂痕，但如果它是裂痕的话，它究竟是什么东西的裂痕呢？空间不可能出现裂痕。我正思索着，很快就看到裂缝中覆盖着一层鲜绿色。这是否类似于当你闭上眼睛并用力按压眼球时视网膜投射的残影呢？然而，我从未经见如此清晰的绿色残影。

"早春的嫩绿。"

我听到一个声音。不知道是母亲的声音还是我自己的声音，但我知道无论是谁的声音或者来自何处，都不再有意义。这就像记忆的投影或者回响那样，无论是谁或者来自何处，都无关紧要。

"你经常眺望早春的嫩绿。不，当时我们周围到处都是早春枝叶茂盛的青翠。周围只有初春的嫩绿。对我来说，幸福和早春的青翠一样，是新鲜的绿色，而且飘散着早春的清香。"

周围的景观出现了变化。但是，这是风景吗？先前的非理性和扭曲的视野也是风景吗？记忆的投影、记忆的回声、和真理子一起穿越的世界，大概是由模糊记忆形成的。模糊的记忆、不合理和神秘视觉等等，我以前曾经在神经科医生的专著中读到过。出生后三个月的婴儿所看到的是无法控制的自我形象和世界形象，似乎类似于秘教的曼荼罗或画家博斯所描绘的世界。这不仅是一个充满混乱的世界，更是一个只有混乱的世界，婴儿有时会拒绝摆脱这个世界。正是获得感受美的本能，即黄金比例，才能触发感知向外界扩展。比如，据说跟出生三个月后的婴儿玩蒙眼拼像的游戏，当看到五官错位的脸时，婴儿会表现出厌恶，而当鼻子和眼睛摆正位置后，婴儿就会微笑。但是，婴儿的记忆力和我的视野有关系吗？

"那都无所谓。"

我又听到一个声音。

"对我来说。"

是"对我来说"。可能是对我母亲，也可能是对我自己。无论哪种方式，它都只是我记忆的反映或投影。

"对我们来说。"

有时是对我，有时是对我们。我的周围是一片早春的嫩绿，只能看到层层叠叠的树木的枝叶。我想有树就应该可以看到地面，便低头往下看，但视野中的绿叶也随着视线下垂，我感觉自己在坠落，就像头晕一样，失去平衡，差点摔倒。我下意识地单腿向前迈一步，避免跌倒，但我的身体却很稳定，似乎我的身体被细软的绳索或丝网之类的东西保护着一样。我好像静静地飘浮在早春的丛林中，身体轻抚着树叶。这种感觉很宜人，我感到现在所在的地方安全可靠，应该随遇而安。

"我们在树林中生活，不过，那是我从朝鲜来到佐世保，经过很长时间之后。虽然经过了很长时间，但不知为什么，感觉像是一瞬间。"

我曾经以为那是因为生活艰难，母亲从心底里讨厌回忆过去的辛酸故事，无论如何艰难，都讲得十分平淡。在战败后动荡不安的时代，她在朝鲜经历当地民众的复仇，其后乘坐军舰遣返日本，母亲都像述说别人的故事一样，语气和用词都十分冷静。

"往事如烟，我也成了母亲。"

当我听到这句话时，风景又发生了改变。重叠的树枝和无数的树叶中，隐隐约约出现了一道细微的缝隙，感觉就像是阳光普照，但不知道缝隙的另一边是天空，还是白墙，或者是视野中的一道裂缝，还是空白。

"那个时候，我有生以来第一次觉得不孤单。"

我从来没有从母亲那里听说过这件事。我听到的声音不是我记忆的回声或投影吗？或许是累积在记忆深处，在潜意识之中，一直被遗忘的往事。不，绝对不是。周围的景色，以及被细软的绳索，或者丝网缠住身体的感觉、传来的话语，全都是深藏在我的意识深处的记忆。我的所有记忆都已经受到震动、再现，一旦被感知便立即转化为图像和文字。它是断续的，但却像漂浮的气泡一样浮游于意识表面的附近，当你触摸到其中一个气泡时，薄膜就会破裂，自动再现出具体的图像或声音。为什么我会听到记忆中不存在的声音？是否与重叠的树枝和无数的树叶中闪现的缝隙有关？

"我到了佐世保，走进综合医院，那是一座遣返人员的收容场所，当晚就睡在院子里。当时是夏天，还算万幸。我在院子里煮饭，为了避免夜晚的露水，我睡在一棵大树下面。我父母本来打算回他们的家乡广岛，但听说新型炸弹已经把那里炸成了一片废墟，交通也阻断了，便放弃了回乡的念头。我们在综合医院的院子里住了两晚，然后想投靠亲戚，就搭火车来到佐贺县的鸟栖，却发现他们无法收留我们全家，便又回到佐世保。政府安置遣返归国者的工作人员建议我们加入开垦团，去三川内山区垦荒，我们只好服从。三川内离佐世保有十几公里，从车站到定居点，要爬一个多小时的山路，路上到处是岩石。我们被分配到一个破旧的无人农舍，我和全家人一起整理了一个星期，才算可以居住。"

我静静地听着母亲讲述过去。其中有我听说过的，也有我第一次听说的故事，混杂在一起。我以前听说他们在医院院子里露宿，然后加入三川内拓荒团，但没听说过他们去鸟栖投靠亲戚。

"我开始过起了自给自足的生活，作为家中长女，我决定出去工作。正好那时候听说，最近刚刚驻扎在佐世保的美军招募文员，便想去应聘。我是长女，觉得我要为家里的生活做点贡献。我把应聘的想法告诉父亲之后，遭到他的强烈反对。他说我在京城女子师范学校受过教育，应该从事教育行业。之后，父亲让我给京城女子师范学校写信，让学校给我开具学籍证明。当时是战后混乱时期，京城女子师范学校是否还存在、信是否能寄到都是未知数。尽管我认为他们不会为战败国的人邮寄学籍证明，但是我还是遵从父命，从定居点走到三川内的镇上，去邮局寄出了那封信。寄信的时候我问过邮局的工作人员，信能不能寄到朝鲜，邮局工作人员冷冷地说：'不知道！'然而，大约一个月后，我竟然收到了学籍证明。京城女子师范学校的工作人员应该在战后的动荡中流落四方，究竟是谁在处理学校的工作呢？简直不可思议。战败的那天，朝鲜人群闯入我家时，我对一切都感到绝望，但在黑暗的夜空中看到一丝灯光的那一刻，我感受到了温暖。拿着学籍证明，我坐火车去了长崎，走过原子弹轰炸后只剩一片废墟的街道，我找到长崎师范学校，那里的校园也遭到破坏，只剩下一半的校舍。那时候我才刚满十八岁，我本来还有一些课程和教育实习没有完成，但是，学校当场发给我教师执照，他们告诉我稍后通知我将被分配到哪所学校教书。因为许多人死于战争，当时急需教师。我刚满十八岁，就在三川内附近的一所中学当起了老师，学生家长觉得我太年轻，看起来不像老师。"

　　在早春枝叶茂盛的青翠缝隙中可以看到一些东西，令人眼花缭乱，我不知道是什么。

"当了老师之后，我认识了你的父亲，然后你就出生了。你出生的那天，是一个寒冷的早晨，我终于感到我不再是一个人，我不再孤单。那之后不久，我们搬到山上的小屋里，周围绿意盎然。那里虽然比起朝鲜和三川内的垦荒地更不方便，但是我和你在一起!"

3

虽然离开了枝叶茂盛、青翠环绕、像壁橱一样的地方，但我不知道现在自己身处何处。但我感觉即使不知道自己置身于何处也无所谓。现在身处的环境里既没有交错的光束，也没有柔软扭曲的手机，更没有上下不分的自动扶梯。现在看到的景象并不会让人不安，反而感受到一丝安详，远处传来一种静谧安详的信号，而我却对这种安详的感觉十分困惑。大概是因为我一直身处在不安和混乱当中，我理解"安详"这个词的意思，但它实际上究竟是怎样一种精神状态，我却并不清楚。就好像知道那个人是谁，但只能看到远方细小的身影那种感觉。

至今为止，我从周围看到的只有混乱和不安，我反复思考自己到底身在何处、为何要面对这种场景。真理子突然把我带到一个完全陌生、无法理解的地方，对我讲述各种令人费解的话语，最后变成无法理解的姿态，不知不觉中消失不见了。她是我自己捏造的一个虚拟的存在。而母亲的声音告诉我，她的存在是我自己所期望的。我自愿迷失在这个混乱不安的世界里。我为什么要做这种事呢？有何必要呢？为何需要呢？

"看到了幽暗森林。"

我听到了熟悉的声音。我感到非常熟悉。但是，同安详的感觉一样，我虽然理解"熟悉"这个词的意思，但无法真实体会。这究竟为什么？在最初听到那个像母亲的声音时，我感到十分熟悉。但是，现在那个声音和话语的具体概念已经分离。难道是我本身有某种记忆障碍，还是大脑某处功能紊乱，或者是知觉和思考相互脱离？是不是出现了这种现象？但不可思议的是，我并没有感到不安，或者说我接收到了静谧安详的信号，不是接受到，而是这种感觉充斥我的全身。

"我们在山里的一个小屋居住了一段时间，你还记得吧？"

那是母亲的声音，一听到这个声音，我就会倍感安详和怀念，但是，我仍然无法真实体会它具体是什么东西。而且，静谧安详的信号并不是只有在听到母亲声音时才能感到，它就像是一个永远波动不止的水波，始终围绕着我。

"你在搬到这个小屋居住之前，一直在幽暗森林里。"

从树叶之间，看见了一座小房子。但那算不上人家，因为它实在太小了，只是一个小屋。

"那不是小屋，是井口的草棚。我们住在小屋的时候，从那个井里打水。但是，那是你离开幽暗森林之后的事了。"

我不记得在幽暗森林里生活过。

是我迷路时候的事吗？

"更早以前，刚出生的时候。"

如果是刚出生的话，不可能有记忆。

"没有印象吧？而且，所谓幽暗森林，是后来我自己命名的，实际上是小学的广播室。你出生的时候，我感觉不再是一个人，也不再孤独，但是周围也不平静。我是在朝鲜长大的，而且是乡下，不会和别人吵架。和谁？你父亲的妈妈，也就是你祖母，还有你父亲的家人，也就是和你祖父，还有你叔叔和姑姑。这些人和我们一起居住。我觉得这是理所当然的，那个时候，不可能分开居住。大家都生活艰难，靠教师的工资无法维持生活。我生了你之后，继续当教师，但是你父亲的妈妈反对我在外工作。她认为妻子就应该做家务，这种思想，在那个时代的日本司空见惯。但是，如果我不工作的话，靠你父亲的工资只能勉勉强强生活，不可能攒钱。你的父亲说他将来要搬出这个家，所以希望我能继续一起工作赚钱。我也想工作。虽然说一起居住，但其实住得并不宽敞，因为你的叔叔和姑姑都有自己的房间，我和你的父亲，只能住在走廊和客厅的一角。不可能一整天都待在那种地方，所以我也想要工作，但你父亲的妈妈斩钉截铁地告诉我，她不能照顾孙子。"

"想起来幽暗森林了吗?"

是广播室吗? 我曾经听妈妈说过几次。那是我出生后不久的事，母亲要在外面工作赚钱，祖母拒绝帮忙照顾孩子，母亲只能带着吃奶的孩子去上班。母亲上班时不能照顾婴儿，便把我放在空无一人的广播室的桌子上，为了避免掉落下来，母亲用婴儿背带将婴儿固定在桌上，早上去参加教师会议，然后再去上课。课一结束，便赶到广播室喂奶。我好像一直不停地哭闹，大概是尿布潮湿，饥饿难耐，总是心绪烦躁。这样的状态持续了大约两个月，校长觉得婴儿实在可怜，便通过担任居委会干部的老朋友，居中调停。校长劝祖母说，如果这样下去，这个孩子会身体衰弱，夭折而死。

"你想起幽暗森林了吗?"

那是出生后不久的事情，我不可能有记忆。但是，我感觉有些奇怪。把那个广播室比喻成幽暗森林的不是母亲，而是我自己。

从懂事时起，我有时会突然感到心惊肉跳，非常不安，我想那是因为我从母亲那里听说了广播室的经历，可能受到心理影响。我找经常就诊的年轻心理医生咨询过。他先告诉我，像这样的病例不是心理科医生而是精神科医生的诊断对象，然后，他回答说大概会有影响。因为当时是婴儿，所以不可能留下语言和影像的记忆，一般应该认为，这不是在人的意识和理性的层次，而是在大脑的深层、人脑最基础的部分中留下不安、恐怖和烦躁感。

幽暗森林交叉重叠，无法摆脱，我始终被这种印象所束缚，产生强烈的不安情绪，我这样描述我自己的感受，同时，也表现在作品中。可是，母亲不可能看到那样的作品。我是写在小说的笔记上的。所以，母亲不可能知道幽暗森林这样的隐喻。我耳边听到的虽然是母亲的声音，那仍然是我自己的记忆和想象的投影吧。

"那都无所谓。"

的确如此。眼前的母亲并不是向我倾诉。视野完全被树木的枝叶覆盖，有时候在那缝隙间，会浮现出以前母亲的照片、水井的草棚，然后转瞬即逝，但是不知道声音出自何处。我有时感觉是从树木枝叶的另一边传来的，有时感觉是从周围传来的，也许是我自己的听觉或者脑内自动响起。

"幽暗森林，你最不喜欢什么？很害怕吗？"

躺在广播室里睡觉的时候我什么也不记得，我不知道那种经历是否留下心灵创伤，我几乎不能忍受任何痛苦和烦躁。当不安和痛苦产生的时候，从经验上，再从常识上来说，这不是什么严重的问题，迟早会消失。但是我无法忍耐，焦虑不安，会想象这将永远持续下去，于是就越发不安，不安变成恐惧。我也和年轻的心理医生咨询了这一点。他告诉我，焦虑确实不好，但对于作家来说也有积极的一面。这种痛苦和不安可能永远持续下去的想法，会成为自己独特的想象力的源泉，不满现状，勇于挑战的想法，在创作作品时则会转化为动力。

"现在还有不安和痛苦吗？"

没有，我这样嘟囔道。我至今仍然无法具体体会安详和怀念，但也没有感到以往的不安和混乱，也感觉不到痛苦。令人静谧安详的信号仍然环绕在我的周围。

"是你带着我们搬进那个小屋。"

那个小屋指的是父亲在佐世保郊外的一个叫作"木野岭"的偏僻地方建的画室兼住宅。我还清楚地记着母亲背着我走过黑暗的山路。我好像问过她，木野岭是"这个世界"还是"那个世界"。我记得在佛龛旁边从祖母那里听说过，世界是由两个部分组成的。所以我害怕昏暗的夜晚，便向母亲提出过那种疑问。但是当我们一家三口搬到那个画室兼住宅时，我还只有两三岁。我带着全家搬进那个小屋，这是什么意思呢？

"在幽暗森林里，你的哭声改变了我与周围。那个时候，我经常想到在小说还是电影中看到的一个女人。那个女人杀害了自己的丈夫。那个丈夫因为过失误杀了情人，他对妻子坦白之后说要去自首。女人认为如果自首的话，会招来大量媒体记者，连累全家和孩子，于是便下毒杀死了丈夫。我在那时十分理解那个女人的感受。虽说自首是正确的行为，但如果考虑到自己的亲友和家人，我认为自首是只顾自己的做法。你的哭声和那个女人所面临的情景十分相似。我心中的烦恼，我为和你父亲一家之间的关系而十分苦恼，但你父亲只让我忍耐，我觉得你父亲只顾自己，于是悲伤慢慢转变为憎恨。你的哭闹改变了这一切。"

"你虽说体质弱，但仍然没有停止哭闹。大概是因为十分恼火吧。我后来才明白那是恼火，十分强烈的愤怒。我深刻体会到，你感觉愤怒以后，能够通过各种方式发泄出来。在那个时候，在那之后成长的过程中，我反复地体会到这一点。因为愤怒而不停地哭泣，周围的大人认识到问题的严重性，从而采取行动。就这样，我们搬到了那个林间小屋去居住。真的是一个很小的屋子。没有自来水和煤气，饮水要从井里打上来运回家，做饭要用煤油炉。有电，但周围没有住户，更没有商店和公共设施，环境极为不便。到了晚上，周围一片漆黑，附近的树林里总是能听到动物的叫声。尽管是那样的地方，但是因为有你在，我能忍耐下来。而且从家里可以看到大海，也有一番乐趣。这个小屋的旁边有一个算不上院子的狭小空地，那里有一棵金橘树，你还记得吗？"

第七章 「放浪记」

1

我还清楚地记得金橘树。长大成人之后，即使是现在已经过了花甲之年，在附近人家的庭院、公园的一角看到金橘树时，一定会想起生长在木野岭的画室前狭小空地上色调独特的小果实。金橘树平均高约两米，但在幼儿眼里看来却像大树。小果实和橘子不同，几乎完全是球形，颜色也鲜艳。母亲告诉我只吃它的果皮。但是，当我踮起脚尖挺直腰板从枝头上摘下金黄色的圆形金橘时，有一种通过自己劳动获得食物的兴奋感，心中雀跃不已，便忍不住将果肉也放入口中，顿时，舌头受到强烈的酸味刺激而变得麻木。但是，我并不讨厌那种感觉。当我品尝那种酸味时，母亲在我身边微笑。然后，她指着金橘树旁边簇生的橘色的花让我看。

一只蝴蝶意外地在这个季节飞来吸吮花蜜，母亲喃喃自语道："秋天都快过去了，花上还有蝴蝶。"

但是，由于金橘果肉的酸味使舌头麻木，"秋天都快过去"、"花"、"蝴蝶"，这些词在我的脑海里没有联系在一起。母亲的面庞、橘色的花、蝴蝶翅膀的彩色花纹都能清楚地看到，但无法理解其关联性。最初我以为是因为当时年龄太小，但后来我发现一个相似之处。我穿越到非理性和扭曲的世界，收到了各种各样的信号，尽管能够辨别出每一个信号，但却不知道它们的意思和关联性。在混乱之中不断前行，后来听到似乎是母亲的声音，但是视觉、听觉和记忆杂乱地混杂在一起，直到现在，我也无法统一自己的意识。

其实，我并没有看到橘色的花以及蝴蝶，也没有乘坐时光机回到过去。就像看到画面浮现在光屏上一样，我只是在回溯自己的记忆。有金橘树吧？当我听到这个提问时，唤醒了记忆中吃果肉时强烈的酸味，也唤醒了脑海中的影像。但是，现在我不知道自己究竟在哪里。只是，我觉得不知道也无所谓。究竟是现实，还是非现实，大概都没关系。

"哪里都没有什么现实，不是吗？"

又传来了母亲的声音。

"你能看见三道光束吗？"

我在木野岭漆黑的夜路上，遇到了光束。那是确凿无疑的，但是母亲并不知道。我没向她说起过那件事。所以，现在听到的母亲的声音，是由我的记忆和想象合成的。而且，那些并不重要。不管是不是真的母亲的声音，都无所谓。我只是追寻着深埋在心底的记忆，无意中提取出语言而已。朝鲜的故事，返回日本的经历，都是以前母亲告诉过我的。从朝鲜被遣返，投靠鸟栖的亲戚这件往事我好像是第一次听说，不过，那也可能只是藏于记忆的深处。

"你在看白色的彼岸花和三道光束吗？"

确实，我能看到熟悉的三道光束和白色的彼岸花。自从穿越到这个奇妙世界，我一直想要知道自己在什么地方，然而越想知道，就越混乱。想要知道自己在哪里，这没有意义。

"你以前喜欢彼岸花。不太喜欢红色，而喜欢白色。你只是一个小孩子，却喜欢彼岸花，我觉得这很有趣。"

我说过喜欢白色的彼岸花吗？小时候，我喜欢所有的花。但是，我不记得曾经告诉母亲我喜欢白色的彼岸花。

"你没有说过，我是从你的表情上猜到的。你白天不怎么说话，好像被幽灵附体似的，始终盯着什么，有时侧耳倾听，有时认真地触摸着什么，有时东跑西颠，有时暴饮暴食，有时呆呆地站着，还有时蒙头大睡，你白天始终都是那样，几乎没说过话。"

"你好像每天都在等待黑夜到来，总是等到天黑后才跟我说话。从木野岭的公交车站开始，通往山上的坡道，没有路灯，只有在月光下昏暗陡峭的小路，像要被黑夜吞噬一般蜿蜒曲折，从公交车终点的调度车场出来，路灯消失之后，直到眼睛习惯黑暗的周围环境为止，我们只能慢慢地走。你趴在我的背上，一开始小声地说什么也看不见。我用背带把你系在背上，一只手拿着购物袋和书包，在坑洼的山路和布满乱石的坡道上小心翼翼地走着。我精疲力尽，手中的购物袋和书包沉甸甸的，没有精力回答你的自言自语。"

木野岭是公交车终点站，有一个昏暗的调度车场。我们要在漆黑的山路上走二十多分钟，才能走到父亲的画室。母亲大概因为有在朝鲜生活、战后遣返、单身时在垦荒地上班的经历，所以已经习惯了，她没有抱怨为什么要在这种地方修建画室。而且，我当时还是幼儿，没有不方便的概念。我在祖父母家等母亲来接我，我们一起坐公交车，然后母亲背着我走在昏黑的夜路，我已经习惯了这种日复一日的平淡生活。很普通，也很正常。

"我没有回应，所以你就很焦躁，大声地喊着什么也看不见。周围一片漆黑，当然什么也看不见！我也很累，于是冷淡地回答了一句。那个时候，我们每晚都走在漆黑的小路上，有时会有一种神秘的感觉。又害怕又开心，就是这种感觉。

"天又黑，路又窄，周围除了草地和树林之外什么也看不见。树木遮住了视线，看不到远处的景色，星星散落在空中，仿佛在另外一个世界。只有你和我两个人，没有别人，既没有建筑物、汽车、路灯，也没有石墙、围墙。路上只有草丛、泥块和石头，简直是人迹罕至的地方。虽然我很疲惫，但是我喜欢你，在漆黑的夜路上走着，既开心又恐怖，那种感觉真不可思议。"

我在昏暗的山路上也有同样的感觉。但是，我曾经和母亲说过这些吗？大概是我用母亲的声音再现了自己的记忆。在眼前，木野岭的夜路和那时母亲的音容笑貌重叠在一起，鲜明地浮现出来。

"当你有这种神秘的感觉时，你说过一句奇怪的话：这里是

'这个世界'，还是'那个世界'?"

　　我果然是这样问母亲的。这里是"这个世界"，还是"那个世界"? 我想这样问母亲，可是欲言又止。这个疑问本身很可怕，但是否真的问过母亲，作为自己的一种防卫心理，可能并没有答案。

　　"你一次又一次，几乎每一个晚上，我们一起走在那昏暗的山路上的时候，都会问这里是'这个世界'，还是'那个世界'，我纳闷你到底是在哪里学会这句话的。大概是你父亲的母亲，也就是你祖母说的吧。我的心情十分矛盾，因为我和你父亲的母亲合不来，所以十分生气她教坏孩子，但同时，又发现你有特殊的记忆力和想象力，觉得十分开心。那时候，我是小学的老师，照顾过很多孩子，知道孩子们想象力很丰富，但是没有见过孩子会问这样的话。"

　　"要问这里是'这个世界'还是'那个世界'这样的问题，必须先记住祖母说过的话，还必须想象'这个世界'和'那个世界'的区别。在狭窄昏暗的山路上，把从祖母那里听到的话，和自己想象的'这个世界'和'那个世界'结合起来，这对小孩子来说，不是简单的事情。如果不理解'这个世界'，也就是日常生活、普通风景，并且不能对超越'这个世界'的'那个世界'进行想象的话，就不可能问出这样的问题。每次我听到这个问题，我都会支吾着说：'到底是哪一个呢?'或者反过来问你：'"那个世界"是什么样的地方?'每次你都很害怕，会生气地说：'所以这里到底是哪一个?'你那时特别可爱。最后，我说这里是'这个世界'，放心吧，你的反应很有趣：'那太好了。'而且还反复问我：'真的吗? 真的吗? 这里真的是"这个世界"吗?'仿佛即使知道这里是'这个世界'也不满足，感到没有意思似的。'那个世界'虽然是个非常可怕的地方，但是你却很感兴趣。虽然有这样的兴趣本身很恐怖，但是无法控制自己，就是想要知道。虽然不知为什么会产生这样的兴趣，但是无法控制自己想要知道'那个世界'到底是什么样。我很开心能和你在一起。你是一个不会让母亲感到无聊的孩子。我觉得你将来会成为一个不会让别人感到无聊的人，所以很高兴。"

在那之后，妈妈说了一句令我意外的话。那是我不知道的事情。

"在黑暗的山路上走了很长一段时间，到家里也没有人。你父亲几乎没有回过自己的画室。有一天晚上，那天是你的生日，我准备好蛋糕等他。可是，那天晚上你父亲也没有回来。你不断催我，我就点燃了蛋糕上的蜡烛。想到你父亲这时也不回家，我感到悲伤。不知道为什么，我突然想起了小时候在朝鲜庭院里盛开的百日草。"

2

母亲的声音告诉我，我生日当天父亲也没有回家。她的声音既不是白日梦，也不是幻听，更不是心电感应。当然，母亲并不在我身边，她现在住在故乡九州的养老院，所以这仅仅是我的记忆通过母亲的声音再现出来。但是，我不记得我生日当天父亲没有回家。父亲也不是每年都会为我庆祝生日，只因为不记得我的生日。他并不是居家型的父亲。他是画家，当美术老师时和母亲相识，此外他兴趣广泛，喜欢摄影、木工、雕刻、陶艺，还喜欢做飞机模型和骑摩托。他确实经常不在家，我几乎没有和父亲一起生活的记忆。因为性格不合，我不喜欢和他交谈，也不喜欢听他唠叨。他总是一个人滔滔不绝，见我没兴趣，他便会发脾气。他经常斥责我说："你这家伙真不懂事！"

"你记得那口井吗？"

母亲这样问我。眼前的景色从绿枝繁茂的树木变成了铜版画般平坦的黑白画面。我已经不再追究自己置身于何处，只是环视眼前和四周。然而，展现在我面前的是风景、铜版画或者胶片底版一样的景象。我像看美术馆的展品一样凝视着。展品是静止画面，没有任何弯曲和膨胀，既无声，也无色。

"什么井？"

我一直努力回想父亲。井和父亲有什么关系？铜版画一样的展品也许在向我传达些什么信号。仔细观察，才发现展品上映出的是母亲和年幼的我，也就是说这是父亲拍的照片。他有一台名贵的德国制双眼反射式照相机。他只是一个教师，怎么买得起这样昂贵的相机？胶卷也十分昂贵，所以父亲总是认真地观察拍摄的对象，小心翼翼地按下快门。照相机上有一个转动胶卷的扳手，每当转动扳手时，就可以听到独特的机械声，那一声单调的"咔嚓"，听起来像是一种终结，毫无感情的声响。

　　"你父亲在各种地方拍下了你和我的照片，但是只有一张水井的照片。虽然我不讨厌拍照，但是相机仿佛隔开了我和你父亲，偶尔会让我感到伤感。"

　　父亲做事积极，善于交友，受人喜爱，说话总是大嗓门。他从不隐藏自己的感情，乐观开朗，但也易怒，听到亲人和身边的朋友去世或者遇到不幸，会当着众人的面放声痛哭。我出于对他的反感，变得性格内向，不喜欢与人交流，从小就不善于表达感情，除了母亲和极少数要好的朋友之外，与人说话都是一种痛苦。所以，对我来说，父亲是又可怕又陌生的存在。

　　我并不清楚父亲是否几乎不回木野岭的画室，现在想起来，我没有和他在一起生活的记忆。画室建在山里的一块平地上，旁边有一个狭小的院子，也就是一块排球场大小的空地。空地后临悬崖，前连斜坡，侧面是深深的丛林。斜坡上有一条布满乱石的小径，往下走三十米有一口井。母亲负责从那口井里打水，然后提到画室。提着装满水的铁桶走上乱石小径是一项辛苦的劳作。

"有一天晚上，我提着沉重的水桶走在那条路上时，跌倒摔伤了右腿膝盖。但是，如果没有水，就没有喝的，也不能做饭。所以只好再去井里打。当时还年轻，觉得这一点辛苦也是理所当然的。但是我感到很恼火，因为你父亲从没有来提过水。偶尔回家也只是拍一些我和你的照片，除此之外什么也不做。我下定决心，再难再苦再累也不能掉泪。实际上，我也从没哭过，你应该也没看过我掉泪吧。我只在你父亲去世的时候哭过一次。"

父亲是三年前去世的。亲戚们聚集在红砖围墙的总医院病房里，父亲躺在急救室里，全身插满管子，已经无法发声。他突发心脏疾病，十分危急，医生已经束手无策。父亲看着我，勾起手指示意我过去，那时已经无法笔谈，我只能靠近他的嘴边，听他微弱的声音，却什么也听不清楚。紧接着父亲便咽气了，急救室里一片低低的呜咽声，母亲的肩膀也不停地抖动。母亲问我父亲最后说了什么，我告诉她没听到。母亲平淡地听着，握紧了我的手。不论是父亲在床上断气的时候，还是在葬礼上，我都没有流泪。家人、亲戚、朋友之中，只有我没有流泪。

"我记得很清楚，你父亲去世的时候，你一滴眼泪也没流。"

在葬礼上和火葬场，母亲一直紧紧抓着我的手。收遗骨时，我担心地询问母亲有没有事，但是她甚至没有力气回答，只是晃悠悠地走进收骨灰的房间。当看到只剩骨灰的父亲之后，母亲当场便瘫倒在地，我用手搀扶着她，不断地确认母亲的状况。母亲紧紧地抱住我的肩膀，并再次使出全力握紧我的手。这时，我感到十分自责，即使性格不合，他也是我的亲生父亲，我却毫无悲伤之情。随着周围呜咽的声音，母亲紧握着我的手的感觉慢慢传遍我的全身。家人和亲戚一边痛哭一边收集骨灰，我没有流泪，只是默默地夹起遗骨的碎片。最终，我没有掉一滴眼泪，我一直思考为什么自己不会伤感，不会流泪，我觉得自己是一个冷血无情的人，顿时感到浑身冰凉，周围像冰窖一般寒冷彻骨。

"不对。"

母亲低声嘟囔着。

"你并不是毫无感情。"

没有流泪是因为心绪杂乱，感情无法流露出来，这也能说明我并没有被悲伤彻底俘获。

"我不这么认为。其他人说了各种闲话。有的说你坚强，有的说你冷漠。不过，最了解你的人是我，你本来就是一个不爱哭的孩子。从小我就没见过你嚎啕大哭。就算你淘气时摔倒，也只是眼泪在眼眶打转，从来没有哭出声来。我做过小学老师，带过各种各样的孩子，没有像你这样的孩子，既不受情绪左右，也能承受痛苦。你还记得吗？你刚出生的时候，耳朵上面有一个针尖大小的洞，经常发炎化脓。为了防止发炎，我经常会帮你挤脓，但是有一次严重化脓，耳朵肿得拳头一般大。"

耳朵上的洞我记得很清楚，经常会流出异臭的脓水，也经常发炎脓肿。有一次，肿得像粉瘤那么大，脓水透过绷带，顺着脸庞流到下巴。去附近的诊所治疗时，我侧卧在诊所的病床上，被护士按着脑袋，全身不能动弹。那是几岁的时候呢？

"五岁。"

母亲的声音这样告诉我。

"不知道是问我还是问医生，你说：'这样就能治好吗？'当然，你并不知道治疗方法，但是你也没有哭，你的语气让周围的大人十分诧异，你清楚地问道：'这样就能治好吗？'你只有五岁，但却懂得如果这样就能治好，就忍一忍疼痛，你在幼小的心灵里努力说服自己。护士跟你说：'肯定可以治好，放心吧。'然后，医生用一根短木棒猛然敲打你耳朵上的粉瘤，当时，我以为你会死，吓得差点晕过去。但是，粉瘤破裂之后，脓水飞窜而出，医生迅速消毒并给你缠上新的绷带，你还记得吗？"

我怎么可能忘记呢？不过，我侧卧在病床上，没看到木棒，只听到仿佛把湿毛巾甩在地上一样沉闷的声响，同时感到一股冲击。这种治疗法至今仍然让人匪夷所思，不过那个医生避开了头骨，未留伤疤，仅把粉瘤拍碎了。后来，我才知道那是耳瘘孔，类似于鱼鳃。人在进化过程中经历了鱼的阶段，人从受精卵开始，便不停地经历细胞分裂，直到新生儿出生之前。从单细胞开始，仅用四十周的时间便走过几千万年、几亿年的进化过程，不仅是在体内孕育出与鱼类不同的"人"这个物种，而且会继承进化过程中的很多特征。耳瘘孔就是其中的一种，外表看起来像是被针扎的小洞，跟耳洞一样大小，但有的内部很深，有时会严重到积水流脓。如果化脓，就要动手术，切开清除脓水，或者动手术把整个粉瘤去除。这是我长大成人后一位医生告诉我的。

"即使在脓水飞溅出来时，你也没有哭。你是一个既能忍受悲伤又能忍受疼痛的孩子。但是，不太清楚到底是什么原因，你很容易多愁善感。不知道是不是在你还是婴儿的时候，我把你丢在小学广播室，影响到了你，我也很后悔。因此我可以肯定，你父亲去世的时候，你并不是不伤心。但你也曾经很罕见地流过泪，那是在你养的狗死去的时候。"

3

我已经不再思考自己究竟在哪里，只是漠然地看着前方，聆听母亲熟悉的声音。我眼前的世界已经不再扭曲、变形、闪动，仅仅缓慢地变化。刚才目睹的铜版画一样的黑白照片，那是我与母亲的合照，正在变成其他图像。画面抽象化之后，闪现出另外一个新的图像。那是一张貌似黑色岩石的图像，画面逐渐清晰，愈发逼真。不久，传来了断续的声音。那个声音很轻微，起初我误以为是自己的耳鸣。我不清楚那是什么声音。好像是远处广场上聚集人群的嘈杂，又好像是掠过耳边的飞虫翅膀的震颤，还好像是远方传来的钟鸣、飞驰而过的列车、在微风中摇曳的树木枝叶，也好像是深夜邻居家传出的婴儿的啼哭声，那声音转瞬即逝。那场景就像我站立在陌生的街角，紧闭双目，专心聆听。这时，突然传出一声狗吠，那声音和我的视野慢慢地同步。

那是一只小狗的叫声。眼前浮现出的好像黑色岩石的图像其实是一只德牧犬的幼崽，大约两个月左右的小狗。它在一幅静止的画面上凝视着我。两个月左右的小狗最可爱，一个月左右的幼犬也娇小可爱，但是还只能吃奶，无法离开母犬。画面上的小狗趴在笼子里，旁边放着一个水盆。一股酸楚的感觉涌上心头。我最初饲养小德牧犬是在小学二年级的时候，以前，我一直都养狗，但因为家里经济条件不允许，我从没养过纯种狗，都是些杂种犬，是父亲从朋友那里要来的。

年幼的时候，我的所有时间都和狗一起度过，在荒山野岭环绕的木野岭的画室，我无处可去，只能和小狗一起玩耍。我负责喂狗，不过我不知道自己是不是天生就喜爱宠物。小狗都把我当成主人，十分温顺。和小狗度过的岁月十分轻松快乐，天下没有人去讨狗的欢心，因为狗会讨主人的欢心，而不是相反。狗天生顺从长时间和自己在一起的主人，主人没有必要去和狗聊天，也没有必要特意去关照它，只要和它在一起，就这一点最重要。

那只生下来才两个月的小狗是父亲的一个学生送给我的礼物，他是专门训练警犬的警察，特意从繁殖警犬的专业户那里买来送给我。那时我们刚刚搬出木野岭，在祖父母家附近租了一间公寓。我家有一条杂种的老狗，父亲认为这只小德牧犬是有血统证明的纯种狗，家里没有必要养两只宠物，便骑上摩托车，将老狗带到佐贺县扔到荒郊野外。那只老狗名叫"霍斯"，那是我根据美国西部题材电视剧主角为老狗起的名字。父亲告诉我，大概霍斯知道它被抛弃，一直追着摩托车奔跑了很久，看着令人心痛。我根本不相信父亲的话，我知道他不是那种会动情的人。

不过，我也一样，当我和两个月大的小狗一起玩耍的时候，我也忘记了霍斯。霍斯是一条消瘦的、相貌和身材都十分普通的杂种犬，没有什么吸引人的魅力，但它对我十分顺从。我即使听到父亲讲述霍斯追着他的摩托车狂奔这类冷酷的描述时，也没有感到心痛，或伤心地流泪。我并不是因为霍斯是杂种犬而不喜欢它，而是同意了父亲的决定，他觉得有了纯种狗就没必要再养老狗。我认为无法反抗父亲，不过这也并不是因为父亲有权决定一切，而是他平时不在家，我和他很少交谈，而且他从来不考虑我和母亲的感受的缘故。对此，我已经习以为常了，对于父亲，我觉得生气也没有意义，为这条老狗感到悲哀也没有意义，这种感受是我自懂事起就已经亲身体会到的。在木野岭，父亲竟然让母亲去水井提水，她身心疲惫，还要做这种重体力活。相比之下，抛弃一只无用的老狗，对他来说就更无所谓。

在木野岭的时候，我特别喜欢狗，便让母亲买来图鉴，独自观赏，分辨狗的种类。我特别喜欢德国牧羊犬。它原产于德国，血统管理严格，从第一头种犬开始，所有的子孙都有详细家谱，而且通过训练，能严守纪律，十分适合充当警犬和军犬。换句话说，未经过训练、不懂遵守纪律的狼狗就如同不懂语言的人类，不能称为德牧犬。

从祖父母家旁边，攀登几十级台阶，便是一个银行经理的豪宅，他家养着一条威武雄壮的德牧犬。经理家有两个女儿，擅长弹钢琴，她们从来不带德牧犬出来散步，也不和狗一起玩耍。经理也不太喜爱宠物，那条德牧犬仅是对外夸耀地位的象征，从未经过训练，始终都关在院子的铁笼里。德牧犬的颈项和腰部布满漆黑的鬃毛，从来没有离开过铁笼。那个巨大的铁笼是特制的，如同动物园里狮子和老虎的铁笼一样宽大。那只德牧犬从不散步，十分肥胖，脾气暴躁，除了昏睡以外，一直狂吠。我祖父母和其他邻居都曾抱怨狗吠扰邻，但是银行经理只是道歉敷衍，并没有采取改善措施。

有一年夏天，我独自一人登上台阶，在一个小空地上眺望经理家的院子。铁笼上虽然有顶篷，但是夕阳直射，大狼狗忍耐着暑热，吐着舌头，喘着粗气。它毫无食欲，横躺在铁笼中。他家的两个女儿担心狗会生病，小心翼翼地打开铁笼的门，想查看情况。那条大狼狗听到铁门开启的声音，扬起头猛吼一声，便从吓得退后的女儿身边飞窜出去，跑过宽敞的院子，从大门开启的缝隙中钻出去，直接扑向正巧路过这里的老妇人繁村太太。整个过程只发生在一瞬间。老人倒在台阶前，一动不动。大狼狗在躺倒的妇人脸颊附近嗅了一番，然后便跑上台阶，冲到我所在的空地。我听到它喘着粗气，异常兴奋。它盯着我的眼睛，不停地狂吠。我当时十分奇怪，狗怎么会懂得凝视人的眼睛呢？它怎么能知道眼睛这个感官的位置呢？真是不可思议。我发现大狼狗的四肢肌肉紧绷，它准备发力，向我扑来。狼狗既然理解人眼睛的位置，也就知道人类最大的弱点是脖颈。就在大狼狗用后足发力，蹬地扑向我的那一瞬间，我大叫一声，猛然伸出右掌。听到我的喊声，大狼狗颤抖了一下，一动不动地看着我，然后扭转头，交叉着后腿，坐在地上。炙热的夕阳照射在狼狗身后的花丛上，黄色的花瓣十分耀眼。我放下右手，大狼狗的口中流出大量唾液，不停地滴在地面上，留下黑色的斑点。大狼狗已经平静下来，用哀伤的目光盯视着我。

那个老妇人身受重伤，经理家的大狼狗也被保健所带走，执行安乐死。经理也被迫辞职，全家都搬走了，从此以后再也没有听到钢琴声。我们家饲养两个月大的小德牧犬是在半年之后，我抚摸着小狗的脖子，对它说："你要听话，不许惹事。"但是，小狗不幸患上犬瘟热，不久便死去了。我们第一次饲养名贵的纯种狗，谁也不知道幼犬免疫力低，需要打疫苗。它眼圈红肿，大小便失禁，最后后腿一下痉挛，便一动不动了。

"是那个时候吧，你大哭了一场？"

又传来母亲的声音。小狗那柔软的躯体逐渐变得僵硬，我想到这个小家伙再也不会蹦跳了，泪水忍不住夺眶而出。我也不知道自己为什么流泪，那不是悲伤。正如母亲所言，我从来不会感到悲伤，也不会害怕疼痛。那也许是忧郁，或者抑郁的缘故。通过这些，我似乎理解了人没有永远的喜悦和乐趣。这种思绪直到青春期、大学期间、成人之后，甚至直到今天，都仍然保留在我心中。

"成功的作家会回忆起往日的艰辛。"

母亲突然说起一些莫名其妙的事情。

"有一个日本战后的著名女作家，她和母亲一起走街串巷，贩卖杂货。家里一贫如洗，她只身来到东京，一边打工当女招待，一边写小说，而且广交异性，她认为没有一个男人会真正爱她，这种直觉成为她创作的源泉。她在小说中描写了贫困、异性交往、做女招待的各种奇闻轶事。在作品中,她并没有宣泄个人的感情,而是冷静地、像旁观他人的人生一般描写故事。她成名之后,修建了一座豪宅,让母亲过上锦衣玉食的生活。但是,越是功成名就,她就越会想起幼年时代的生活,和母亲一起走街串巷时的记忆不断浮现在脑海里,她总是自言自语道:那个时候实在太惨了!不过,实际上真的很辛苦吗?幼年时代的记忆,无论多么辛苦,都是令人怀念的,因为那些回忆象征着无法挽回的过去。"

母亲在说些什么呢? 令人费解。

"你无法忘记那只死去的小狗,那以后一直都养德牧犬。"

我在长大成人并且取得了社会地位之后,还养过几条德牧犬。我不知道是否那条小狗的遭遇所致,也可能是我喜欢德牧犬的特性。不过,母亲为什么会知道这些呢? 她从来没看到过我饲养的德牧犬,也没看到过我带着德牧犬出外散步。正当我思索这些时,母亲突然说出了一件令人惊异的事情。

"我一直看到你带着狗出去散步。无论是刮风下雨,还是下雪,你从来都没有停歇,每天都带着狗散步。在晚秋的寒风中,狗坐在铺满银杏叶的地面上,那个情景令人难忘。"

1

　　"你最喜欢带着德牧犬散步。那不是仅用'喜欢'就能表达的模糊情感。你从小就会使用令人印象深刻的表达方式。你还记得吗？我在小学当老师的时候，男女老师分担星期天的值班。女老师从早上到傍晚，男老师则是从傍晚住校值班。我值班的日子，你总是和我一起去学校，在图书室读书。午餐时间，我问你是不是喜欢读书。你说，也不是喜欢，只是可以进入另一个世界。"

　　"我清楚地记得梅花。梅花盛开的时候，你带着德牧犬散步，有时还停下脚步，观望周围院子里的梅花。"

　　虽然可以一直听到母亲的声音，但母亲并不在身边。我只是通过母亲的声音来回味自己的记忆。母亲的声音告诉我，无论风霜雨雪，我每天都带着德牧犬散步。这时，德牧犬在雪中散步的身影便掠过我的视线。就这样，母亲的声音有时会塑造出影像，有时在我眼前浮现出毫无关联的画面也会和母亲的声音联系在一起。我不知道这是因为母亲的声音才出现的画面，还是与之相反。我已经不再顾忌这些事情了。

"我很清楚地记得梅花。"

当我听到母亲的声音时，我看到了粉色的垂梅。万里无云的初春，我总是观赏梅花。那垂在枝条上的粉色花瓣就像蓝天之下腾空升起的烟花，还有那细长的枝条，宛如空中划过的裂纹，让人久久不忍离去。但是，母亲值班的日子，在图书室读书后说的那些话，我早已忘记了。

"只是可以进入另一个世界。"

现在也许是再现了休眠状态的记忆。温暖的阳光穿过窗帘间隙照射进来，图书室里充满着旧书的气息，是排列整齐的知识的海洋。我感受到一本书就是一个新世界，所以茫然地想到这个屋子里有成千上万个世界，油然升起一种难以名状的快感。从木野岭搬家之后，当时我九岁还是十岁，开始像一个饥肠辘辘的孩子见到美食一般，狼吞虎咽地阅读图鉴、童话，以及面向儿童的文学全集。成千上万的未知世界和只有自己一人的房间，现实感会渐渐地消失，各种想象在脑海中交错回旋。

"开春时节，你在盛开的洋槐树旁边给我拍了许多照片。当时我很开心，每当你按快门的时候，我都会说一句'谢谢'。你还记得吗？"

母亲的声音又开始讲述一些莫名其妙的话。拍照？洋槐树花和粉色垂梅一样，是我住处街角的一道风景。红砖砌墙的人家会在门前种植洋槐树，我每天沿着那条路带德牧犬散步。母亲的声音只是我记忆的复活。我曾经和母亲一起带德牧犬散步，给她拍过照片吗？母亲的话不仅是记忆，也可能是我的想象的投影。

"不是。"

母亲的声音否定了我的想法。

"和我值班时你去图书室一样，那也实际发生过。你读小学的时候，不是已经体验到一些重要的人生经验了吗？比如幸福、抑郁等等。"

上午的图书室里有阳光，有想象，到了中午，更有与母亲共享的幸福时光。"该吃饭了。"图书室的门开了，母亲来叫我吃饭。刹那间，我离开微缩的世界，慢慢地返回现实。我穿过走廊，走下楼梯，进入空无一人的教师办公室，房间里飘来一股炒乌冬面的香味，那是附近饭店送来的长崎风味的炒面。我和母亲对面而坐，默默地吃着炒面，只是偶尔瞟一下对方。这里只有我和母亲一起吃午餐。不必顾忌父亲的目光，也听不到他大声讲话，更没必要害怕他突然发脾气。一瞬间，我发现幸福充满了整个教师办公室。幸福，就像微风吹过洋槐树花一样，触动着人创造言语的那条神经，悄悄地告知现在不需要语言。语言和幸福是对立的，如果人类沉浸于幸福之中，大概就不需要语言。

"你又在看梅花，那是深粉色的梅花。当时我和德牧犬也在你的身边。你为了确认人在精神不振的时候没有心情欣赏花草这种说法，一直观赏着梅花。你还对我说樱花会扰乱心境，但梅花则相反。我与你同感。那时候，你总是抑郁不安，但没有逃避，只是对我说，自己无法适应这种抑郁的心情。而且，嘴里嘟囔着说，这个抑郁症也不是现在才开始的。你一直沉浸在自己的世界里。所以令你怀念。抑郁是精神的支柱，不过，为了让抑郁成为支柱，必须让幸福同它相伴。幸福会擦肩而过，无法长存。可是，如果与幸福的概念无缘，眼前的风景也会失去色彩和声音，那才是最可怕的。由于自己能感觉到擦肩而过的幸福，所以才能留住那色彩和音律。抑郁就像永远不会结束的黄昏，它虽然不会被黑暗所笼罩，但光线也只会在云间发出微弱的光芒。我当时问你，是不是喜欢和德牧犬散步？因为据我所知，你每天都会和它一起散步。

无论风霜雨雪，你总是走过街道去公园，从来都是那一条路线。你回答说并不是喜欢。然后你和小时候一样，略微害羞地微笑着对我说：我只是在我本来应该在的地方。我不知道其他原因，如果非要讲其他原因的话，那么也只能说自己是在为他人而活。这个想法也没错。别人有时会在短时间内为自己消除抑郁。虽然曾经花很多时间去寻找治疗抑郁的方法，但是渐渐地，自己却把那些念头全部抛弃了。我也不知道是什么原因，并不是有意识地抛弃。当我察觉的时候，就已经完全消失殆尽了。剩下的，只有像那永远持续的黄昏一样的风景，能感受到它微弱的声音和色彩。"

　　只有母子俩在教师办公室吃午餐，这种幸福时光不久便结束，我又回到了图书室。太阳收敛起刺眼的光芒，一天就要结束。与母亲在一起的时光也将结束。夕阳西斜，天空由橙色变为暗紫色，不久，夜幕降临。在夜色朦胧之中，我要和母亲手牵手回家。回到家，就不是我们两个人的世界了。上午沿街盛开的油菜花已经被淹没在夜幕中。我在图书室一边翻阅余下的书页，一边期盼着黄昏能永远持续下去。我面对成千上万的世界祈祷着：希望留住黄昏，为此我宁可不要幸福！我想我的祈祷大概灵验了，从那以后，黄昏便成为我的精神支柱，就像黏土工艺品的骨架那样，抑郁慢慢地渗入我的体内，附在我的骨骼上，密切相连，无法去除。

现在不能追寻擦肩而过的幸福，也不能惋惜，更不能回味。那样的话，所有的一切终将成为泡影，黄昏也将会瞬间消失。永恒的黄昏才最可贵，夜晚十分可怕。但是，我也无法适应永恒的黄昏。甚至连适应这个念头，也要抛弃。所以，先要顾及无法适应的东西，还不能忘记白天来临、转瞬即逝的幸福都是幻影这个想法。于是，我只能依靠虚构，继续生存。我运用与幸福对立的语言来编织虚构，这是我极为自然的一种当然的选择。

"你慢慢理解了。"

母亲的声音，似乎变得更加柔和。

"为什么你会在这个世界，为什么你能听到我的声音，为什么你最初会闯进这个幻想与现实混杂的世界，你又如何从那里走到现在，今后你又该怎么走下去。我一直陪伴在你身边，今后也将会一直陪伴你。我和你，已不可分离。"

2

"你想一下走廊的场景?"

"走廊?"

我差一点说出声来。实际上，可能真的说出声了。走廊究竟是怎么回事? 我想起来了，我和真理子走出酒店的房间，然后发现自己穿越奇妙空间的地方就是走廊。

我感觉走廊有些扭曲，但那感觉并不清晰。真理子告诉我，走廊是季节交汇的地方，我们不断移动，来到一个乘坐自动扶梯的地方，然后，不知不觉间真理子便消失了，我用一部熔化变形的苹果手机打电话。不过，这些都十分模糊。那些地方都是我的记忆和想象形成的，就好似没有细节的梦境。但是，我记得那条走廊。空无一人的走廊，我无法确定自己是否真的置身于那条走廊。不过，我必须在走廊里向前走，因为走廊是途经之处，不是用来长久呆立的。

"你在走廊。"

那是母亲的声音，一股思念和苦闷的感触涌上心头，应该没错！刚才的那句"你想一下走廊的场景？"也许不是声音，而是信号。究竟是母亲的声音，还是信号，两者间有着既明确又微妙的区别。这区别在于我是否产生感情。我会因听到母亲的声音而感到思念和苦闷，我想起以前那位年轻的心理医生曾经讲过。

当时，我正受抑郁和不安的煎熬，告诉那个年轻的医生我的情绪始终处于阴暗之中，无法自拔。他对我说：我们无法控制自己的感情，无论任何人。人无法依靠意识和理想支配体内自然产生的感情。

"重要的是，不是接受感情支配，或者违抗感情，而是如何与自然产生的感情相处，你不能否定自己的感情，也不能忽视感情，所以会出现痛苦，那其实是在处理。我们既不能与感情对抗，也无法控制，只能适应，那非常困难，而且十分痛苦，因此很多人尽可能回避或者掩盖。他们想将自己和感情分开，盲目相信自己创造的错误逻辑，谩骂并粗暴对待他人，以此来发泄自己的感情，极端的时候会产生自杀的念头，那一切都是逃避，经常会致使他人受害。你之所以感到痛苦，是因为你没有逃避，正在不自觉地正视自己阴暗的感情，这一点十分困难，但非常宝贵。为什么宝贵呢？因为你准备正视自己阴暗的感情，便不会危及周围的人们，可以客观地对待自己的情绪。"

正当我回味年轻的心理医生所讲的道理时，如同电脑刚启动时显示器突然发亮一般，我的眼界中突然闪现出一条走廊，尽管它严重扭曲，但的确是一条走廊。

"我也在那条走廊上，一直守护着你。"

那是母亲的声音。走廊是象征或比喻吗？不过，这个奇妙的象征或比喻是否曾经在我眼前出现过？刚才，我的视线中充满了幼年时代和母亲一起看到的花丛，现在已经全部消失了。母亲说我每天带德牧犬散步，途中总是观赏花卉。其后，我的记忆中闪现出小时候去过的教师办公室和图书室。但是，这条扭曲的走廊并不是母亲工作过的小学校的走廊。这里没有木材的质感，走廊上装饰着设计时尚简练的照明，而且还铺着厚厚的地毯，踩上去感觉十分松软。那应该是酒店的走廊，一定是我经常入住的那间酒店的走廊。不过，十分奇怪，母亲的声音告诉我说："我也在那条走廊上，一直守护着你。"母亲不认识那个酒店的走廊，她从未到过我常住的酒店。所以，我听到的不是母亲的声音，而是经过编辑的我自己记忆的复活。

"你错了。"

我听到母亲的声音，感到脊背一阵发冷，于是便用力捂住耳朵，闭上双眼，想避开一切声音和视野。但是，眼前的情景和声音都不是现实的存在，所以即使闭上双眼，即使摘取眼球撕裂耳膜，也无法改变眼前的情景、耳边的声音。这个世界里不存在沉默和黑暗。"你错了。"那是伴随思念和苦闷的母亲的声音，我不想听这个声音的原因是，我发现这并不是单纯的重现我自己的记忆。

"你站在走廊上，一直凝视着天花板上的灯光，灯光周围浮现出画面，你一直在思考那究竟是什么、自己究竟在干什么。尽管你感到不安，但是仍然一直凝视着灯光。你看到在灯光周围出现了一片荒凉的土地和一片奇特形状的树叶。不过，你看了很久也不知道那是什么，因为你并不想搞清楚那是什么，你自己拒绝理解那个画面。你认为不理解画面更好，正因为画面意味深长，所以才可以始终凝视和思考。不久，酒店保安走来了，你是酒店的贵宾，那一层只有五个套房，都是最高档的套房，入住的都是特别贵宾，所以保安并没有怀疑，你微笑着说：'我在思考问题。'听到你这么说，那个警察出身的保安向你敬了一个礼，问候了一句便离开了。你的确在思考问题，你要思考十分难过的事情，所以一直站在走廊，而且，你无事可做，便一直凝视着天花板的灯光。"

母亲的声音继续讲述着。她不应该知道这些场景。现在听到的是连我自己都不知道、未曾发现的场景。我有一次的确站在走廊，长时间凝视着天花板的灯光。我感觉似乎灯光周围有什么东西，但我并没有认真思考那是什么，看到什么都无所谓。无论那些东西是大地、河流、大海、裸体美女，还是无数的爬虫，都无所谓。土地和树叶，我从来不记得这些东西，也未曾想起过。不过，母亲的声音指出的并没有错。土地和树叶，的确也许有那样的组合。我自己也不知道为什么会长时间凝视着那些图像。凝视本身并没有意义，也并不是我想凝视灯光。

"你只是想停住脚步。"

我不想在走廊上走动。那究竟是什么时候？还是在我认识那个年轻的心理医生之前。当时我还没有察觉自己精神出现异常，还处在精神异常刚刚开始的时期。我先是对外出失去了兴趣，然后便是不想见任何人。

"不过，你知道不能在这个走廊里一直呆立着，而且你发现自己无处可去。既不想穿过走廊回自己的房间，也不想乘坐电梯，走到大堂，外出去其他地方。"

天花板的灯光交错晃动，在灯光的间隙中，我看到了母亲和年幼时的我自己。两个人都露出微笑。那个时候，我什么都不想做，实际上我曾想过放弃一切。我终于发现我能够做的只有运用语言，仅此而已。用语言写作，可以不去任何地方，不和任何人见面，而且还可以且停且干。那个时候，我除了语言以外，失去了一切，而且我自己并没有察觉。我察觉这一点是在那以后很久，我经别人介绍，见到那个年轻的心理医生之后。

那时，我究竟凝视了多久？我感觉不能一直站在这里，便绝望地在走廊上前行，当我走到尽头时，发现母亲站在那里。母亲侧对着我，并没有注意到我，好像远处的身影。我觉得即使这样在走廊走下去，走到自己的房间门前，打开房门进入房间，母亲也不可能在那里。我感到不仅母亲不在这里，周围空无一人，连我自己是否置身于此都无法确定。

3

　　我想象自己长时间站立在走廊，然后打开房门走入自己的房间。各种思绪涌现在心头：终于回到自己房间的安心感，永远无法找到自己应该立足的地方，想找人帮忙但周围空无一人，我感到被一种无形的东西追赶、逼迫，那是一种焦虑和紧迫感，另外还有一种想立即行动，但又不知道自己该如何行动的茫然。不久，天花板上的筒灯聚焦在一处，抑郁和不安闪现出来，贯穿全身。

　　"你现在仍然站在走廊上。"
　　我又听到母亲的声音。眼前是扭曲的走廊。
　　"哪里都没有让你感到安心的地方。"
　　这和心理医生讲的完全一样。我在面谈时讲道："我希望找到安心感。"听到这里，心理医生反问道："真的吗？"不过，我没有理解那是什么意思，因为没有人不希望得到安心感。

"这是从事精神医疗的医生的想法，大概不是一般人的认知。比较明显的例子是恐慌症，患者会感到心悸和呼吸困难，甚至体验死亡的恐惧。那是非常严重的病症，受到这种病症困扰的患者根本没有余力寻找安心感。寻找安心感的人，也即是以安心为首要选择的人，他们会自然排除那些无法令人安心的因素。那是非常平常的，人们每天都会进行的日常事情，那不属于异常。自己可能患上癌症，公司可能会倒闭，明天也许会发生大地震，这些无法预测的危险都是引起不安的因素。因此，心怀不安的人不愿意去考虑那些将来无法预测的事情，于是便转向正常健康的思维。不过，你和他们不一样。"

我反驳道：我也不会产生明天就会发生大地震之类的不安。心理医生听后，微笑着说：这只不过是一个例子。

"对你来说，不安并非来自大地震和癌症以及公司倒闭。也不是对死亡的恐惧。像你这样的病人以前很少见，最初我也不明白。你并不是因为某种特定的因素而感到不安，从而寻求安心感，你是下意识拒绝安心感、放弃安心感的那种人。你自己拒绝得到安心感，这到底是什么原因，我还不太清楚。我认为你没有认识到这一点。缺乏安心感的状态十分痛苦，因此你表面希望得到安心感，不过在心灵深处，你却拒绝安心感。大概这是源于表达的问题，你的人生中最重要的部分是通过语言进行表达。我不是作家，无法具体解释，不过我认为你自身的创作活动与安心感的问题有密切关系。"

我一直能看到走廊，扭曲的、颜色不断变化的走廊，当然不是现实中的走廊。不过，那不是记忆和想象，也不是心象。

"中学生时，你写过一篇作文。"

还是母亲的声音。她在说什么，我没有马上理解。不过，我回味心理医生的答复时感到十分痛苦，于是便期待听到母亲的声音。

"是作文，你的作文获得了大奖，受到市政府官员的接见。"

母亲所说的是我初中三年级时写的一篇作文。的确当时获得了大奖，为此前往市政府教育委员会领取奖状和奖品。但是，那件往事和眼前的走廊以及刚才想到的安心感有什么关系呢？

"随着你慢慢成长，我感觉你离我越来越远。你虽然成绩优异，人缘很好，但是不听老师的话，我还记得你幼儿时的可爱模样，不过还是离我远去。我一直担心你去什么地方。于是，我读了你的作文，那是一篇题目为《初恋与美》的文章。"

当我听到这个标题时，走廊的墙壁上突然出现了三道光束，里面浮现出花卉的图案。

"你当了作家之后，我总是想起那篇作文。内容你自己也应当记得，里面描写的内容不是真实的吧？"

"题目很有你的个性，我知道你欺骗了大家。你还记得内容吗？"

我在作文中描写了在修学旅行时，偶然看到刚洗完澡的女生的黑发，心中一阵紧张，那种感情就是初恋，这是第一次体会到初恋的感觉。关于美，我写道，我们在全县足球比赛半决赛中输给了对方，那时夕阳照射在队员们淌满泪水和汗水的面庞上，令人感到无限美好，这才是真正的美。正如母亲所洞察的那样，我并没有表达自己的真实想法。我在写作文的时候，始终在揣测大人们读到这篇作文时，会如何理解和评价中学三年级学生的心情。在修学旅行时，偶然看到暗恋的女生刚洗过的黑发，心生美感，这是事实，不过我并不认为那象征着初恋。那时，我其实感到一种性的冲动，但是如果写成初恋，便可以欺骗大人们，我确信这一点。关于美也一样，我描写队员们淌满泪水和汗水令人感到无限美好，这种美胜过花卉之美，这只不过是为了表演和显示中学三年级学生的心理，估计这样可以引起共鸣而已。

"你并不追求获奖。当教育委员会的官员们表扬你的文笔，你害羞地致谢时，你心里是不是在嘲笑这些大人们容易受骗？大人们表扬你内容虽然有些早熟，但是文笔流畅。其实，你并不是早熟，而只是通过欺骗大人，表达反抗心理而已。"

　　母亲没有和我一起去领奖。所以，母亲的声音只是我自己心中被唤醒的记忆。但是，母亲的声音和我的记忆以及想象混合在一起。

　　"初恋与美，越想越觉得你的作文题目十分贴切。初恋在那个时代，还不是一般中学三年级学生敢涉及的题目，那是禁区。你巧妙地利用了这一点。你利用初恋这个题目，让大人们既有兴趣又反感，同时，你通过描写女生湿漉漉的头发，以传统的手法表现初恋的感觉，以此中和大人们的反感，以此蒙骗他们。而且，与初恋相对应的是美，你把足球比赛中少年们的友谊比喻为美，于是，初恋这个题目下的早熟被完全中和。我从未见过那样的作文，文章的手法也很优异，为了达到欺骗的目的，文章的描写不能拙劣，也不能马虎。文章必须显示出真实，内容可以虚构。不过，你想要欺骗大人们的想法是实实在在的。因此，必需的条件是不能掉以轻心。绝对不可以想'这样就可以吧，这样应该就足够了吧'。越是拒绝安心感，你的表达手法就会越精细，虚构的痕迹就会越淡薄，最终消踪匿迹。你当时仅十四岁，却能发现这一点。"

　　"你能看见百日草吗?"

　　突然转换了话题。在走廊深处,我看到的是一棵百日草。百日草的旁边,是我小时候和母亲在一起的身影。像是被母亲的话语引导着,百日草的图像充满在我的视野之中。

　　"我以前经常和你说起朝鲜往事。在朝鲜的农舍院里,盛开着百日草。但是,你现在看到的则不同。那不是以前的百日草,而是长大成人的你和衰老的我一起看到的百日草,它盛开在灰色的围墙边。你自从写了那篇作文以后,就离我远去。你作为作家功成名就之后,我虽然很高兴,但也感觉到再也无法回到和你小时候共同度过的那段时光,因此十分寂寞。虽然儿子长大成人,去到远方,这是很正常的事情。"

　　母亲接着说出了一件令我吃惊的往事。我眼前的世界,在一瞬间便消失了。

　　"但是,那天我仿佛又感觉到你回到了我的身边。就是你父亲去世的时候。在葬礼上,我们一直互相紧握着双手。我一直在痛哭,你握住了我的手。那个时候,我感觉你和小时候一样,一点都没有变,就在我的身边,紧紧握着我的手。"

4

"那以后，我一直都在你身边，你父亲去世后，一直都和你在一起，一直住在一起。你现在所处的地方，和你小时候一个人独自默默地搭建的积木完全一样。"

积木是怎么回事？

"你每天都遛狗，不管是雨天还是雪天，你每天都带着德牧犬去散步，去附近的大公园。我和你都觉得，那个公园特别安静。在去公园的路上，要穿过住宅区的街道，街道两旁的院子里，冬天腊梅绽放，春天公园里的樱花盛开，初夏有杜鹃花，梅雨季有绣球花。夏季的时候，公园的树林里，蝉鸣震耳，我们俩驻足静听，为这悦耳的声音，互相微笑，那是多么美好的回忆啊！但是，我认为最漂亮的还是秋天的红叶。公园外围马路的对面，有一排银杏树，我们都渴望看到银杏树的树叶染成金黄。"

我和母亲一起欣赏过染成金黄的银杏树吗？母亲应该不知道我和德牧犬一起散步。不过，母亲的话只是我的记忆的再现，即使她说晚秋一起赏银杏树，也没必要大惊小怪，或者觉得不合理。

"你小时候，特别喜欢玩积木。"

积木？我完全不记得玩积木。母亲的话题突然从银杏树转到积木上。虽然我听到母亲熟悉的声音，但大概这不是声音，而是信号。当我去公园散步的时候，经常碰到一位老先生。他可能患有老年性听力障碍，右耳有些耳背，说话时总是将左耳朝向我。据说他的听力障碍，不是因为耳膜，而是耳内神经细胞出现问题。人类通过耳鼓感受到空气振动从而听到声音。声音通过耳鼓进入耳朵深处，在内耳转化为淋巴振动，以此刺激感觉细胞，产生电流，电流再通过神经细胞传达给大脑。大脑则解析电流，和记忆中的数据相结合，最后转换成可以理解的语言。因此，老先生说，他即使戴上助听器，也不会起到任何作用。助听器即使将音量增大，内耳的电流转换功能已经失调，无法将声音转换成可接受的信号，也就无法听到语言。

而且，即使将声音转化成信号传送给大脑，也不一定能够被作为语言识别出来。最典型的就是外语。人们在脑中没有储存陌生外语的数据，因此，我们听到的外语只是声音而不是语言。我和老先生聊过几次这个话题。那时，我想到也许有相反的情况。不是从外部获取声音，而是在脑内部出现某种刺激，和脑内部的数据相结合，从而产生信号，再现出语言。这种情况经常发生。比如说，以前经常和一个人一起听音乐，后来突然听到那个乐曲时，就会产生刺激并且和脑内数据相对应，于是我们便想起那个人，想起他说过的话。我现在不知道对于我的大脑的刺激从何处产生，但可以肯定的是，我接收到了信号，那个信号和脑内数据相对应，再现出语言。可是，如果脑内没有相应的数据结果会如何呢？总之，我现在听到的母亲的声音，只是我脑内记忆的反映，母亲并不在我的眼前。

"你不记得玩积木吧？你只是不记得了，那确实是真的。玩积木也好，我和你一起散步欣赏银杏落叶也好，那些都是的确发生过的事情。那个积木，是你四岁的时候，你父亲在百货公司给你买的。那是你父亲喜欢的木纹积木，色彩很朴素。你父亲教你怎么玩，教你用积木搭建房子、人，还有汽车。你啊，完全没有兴趣。你父亲恨铁不成钢，自言自语地说：这孩子太笨！那以后就再没和你一起玩积木了。于是，积木就被丢在一边，上面的油漆也脱落了，从积木盒里拿出来就没有人收拾，随手扔在你祖父母家走廊的一角。我在学校教书，还要照顾你，不知从什么时候起，家人都忘记了那个积木。那套积木有正方形、长方形、圆柱形、三角形等等，各种形状，散落在一旁，好像倒塌的建筑残骸。是啊，十分凑巧，很像那个大公园里飘落满地的银杏叶，七零八散地重叠在一起。"

"对了，你还记得吗？有一次十一月末的时候，竟然下起了雪。银杏落叶好像铺展开的绒毯，薄雪覆盖在落叶上。那时，你说，这样的风景真少见啊。我听到之后，就问你为什么。你回答道，下雪的季节，银杏落叶本该枯萎，褪去颜色，但现在却能看到金黄的银杏落叶和雪，这样的组合很罕见。那个时候，我突然想起了积木。温暖的阳光照在走廊上，我注意到你一直盯着积木，预感到有什么事情会发生。你有时突然会发现什么，会把一个东西和另外一个东西联系在一起。你拿起一个放在走廊一角的长方形积木，凝视了一阵，慢慢地把它摆在阳光下。然后，你又拿来了正方形积木，放在长方形的旁边，接着又拿来一个三角形积木，放在长方形积木的上面。就这样，你将走廊边上的积木一个一个拿回来，组合重叠。你并没有将它们搭建出什么形状，而是一个抽象的、好像不规则的残垣断壁。全部的积木摆放在半个榻榻米那么宽的地方，但在搭建的积木之间，却准确地形成了一个微妙的空隙，就好像一条路。"

　　"我问你，那是什么？你回答道，那是我的王国。那不是普通的人、房子、汽车，你搭建的是自己的王国。我又问道，什么王国？你指着三个重叠在一起的积木说道，这是城堡，我是国王，住在这里。我又问道，国王一个人住吗？你回答说，不知道。这里有公交车，有电线杆，有鱼店和点心店，但是我不知道国王是不是一个人住。我是国王，但这不是真的王国，是我搭建的王国。我不知道，因为我没有在里面，我现在和妈妈在一起，不知道国王的事情。我是不是正在做梦？是不是正在杀人？是不是正在合着公主的歌声敲鼓？我不知道。你说着这些，直到走廊上的夕阳西斜、落下，你一直看着积木搭建的王国。你还记得你后来把那些积木怎么样了吗？不记得了吧？"

母亲的声音这样问我。后来，我把积木怎么处理了呢？没有任何记忆。当然不会有记忆。我连玩积木都不记得了，大概拆了吧，我好像把它拆掉了。

"是的，你拆掉了积木王国，但却是小心翼翼地拆掉的。你并没有将搭建的积木一下子推倒、扔掉，或者踢倒，你像拆精密机器的零件一样，用手指捏着积木，小心地送回到走廊边的积木箱子里。我问你，怎么了？国王已经不在了吗？你怎么回答的？不记得了吧？"

"你不记得了，大概不记得了。"
母亲的声音重复地说道。
"你有很多事情都不记得了。你经常说，那些都埋藏在记忆的深处。其实不然，那些记忆都消失了，完全消失了。"

母亲的声音好像在向我传递着什么信息。

"你一直以为我没有和你一起去遛狗散步。那只是你的记忆消失了。我经常和你一起在那个大公园里散步。你应该看得见，你可以看见我穿着那件红色羽绒服的身影。"

我仿佛看到银杏落叶上覆盖着薄薄的一层积雪，里面有一个走廊似的景象，在走廊深处，确实有一位穿着红色羽绒服的女士。因为太远，我看不清是否就是母亲。我从来没有见过母亲穿红色羽绒服。这个画面难道是我想象出来的吗？

"看到了吗？你把自己搭建的积木王国，轻轻地拆掉，把积木一个一个地放回箱子里。然后我问你，怎么了？国王已经不在了吗？然后，你回答道，现在只是看不见，国王还在。国王就是我，不会没有。我只是自己把国王藏起来了。"

5

"积木王国，一直在你的心中。"

我现在听到的声音，真的是母亲的吗？我不清楚。我一直只听到这个声音，可能感觉和印象因此变得模糊。周围有什么，自己在看什么，我已经不知道自己是否在看着什么。直到刚才，我看见酒店走廊上，有一位好像母亲的女性，穿着红色羽绒服。这景象被银杏落叶覆盖后，便全部消失不见了。不，是否消失不见，我也无法确定。那只是我心中的想象，实际上并不存在。自从穿越到这个世界，我看到扭曲的自动扶梯、重叠交叉的光线、树林和小路，还有花丛。这些都没有任何关联，那些歪曲的扶梯都不是现实存在。

恐怕仅是记忆的再现。母亲的声音讲述了积木的故事，我却没有关于积木的任何记忆。母亲的声音告诉我，你不记得玩过积木，记忆完全消失了。难道消失的记忆可以再现吗？

"还残留一些印象。"

我听到一个声音。

"记忆即使消失，还会残留一些印象。"

声音几乎没有抑扬顿挫，音调也发生了变化，像人工合成的电子声音。

"油菜花之间有一条小路吧？"

声音又变回母亲的音调。我已经不再思索那是谁的声音。消失的记忆会残留一些印象究竟是怎么一回事？

"你不要考虑这些，现在不是思考的时候！"

不思考的话，也就是说应该把它当作一种感觉，是那样吗？

"你应该看到油菜花丛中有一条小路。你经过那条小路去上小学。那是我们家和小学之间的一条小路。那并不是学校指定的上下学的路线，因为有点绕路，其他孩子都不从那里走。但是你有段时间一直走那条路，你需要去发现，去寻找变化。你发现其他孩子都不喜欢你，但是你并不在乎，你选择走那条无人走的小路。

"其他同学不喜欢你，但那也很正常，算不上合伙欺负人，一般很难注意到。那是小学五年级的时候。直到小学四年级以前，你一直当班长，但是五年级落选了。你觉得当不当班长无所谓，你考虑的问题和思考的速度，与其他同学完全不同，老师课上讲的内容太简单，所有的问题都能回答，体育课、美术课也能取得好成绩。其他的同学自然会选你当班长。当然，不选你也是很正常的。落选本身并不是问题。

"你发现问题出在其他方面，你要找出正确答案，于是你独自一人走那条小路，思考答案。你没有找到答案，你不知道如何解决问题。有一天，你放弃了思考。你发现可以放弃思考。在那之前，你一直努力思考，努力将思考的结果准确地表达给对方。而那些结果有时是对方难以接受的。你的想法有时难以理解，有时过于唐突，有时还会嘲弄对方。

"其他孩子虽然没有说出口，但是感觉得到你看不起他们，就好像一直在说，你们都是笨蛋！你一直凝视油菜花，领悟到那里有很多油菜花。你终于发现了这一点，你终于理解该如何去做，该如何改变自己。这不是你思考之后得出的答案，你并没有意识到这只是你接受了变化。"

"确切地讲，是你决定不去顾及这些。放弃思考其实并不难吧？你发现放弃思考并不是不思考，而是只要承认对方的存在就可以。于是，你寻找具体方法，逐步实施。其实并不是巨大的变化，甚至称不上变化，就像丛生的油菜花一样，想象那些油菜花像漩涡一样旋转收缩，只要注目就可以。只要向对方表示，我知道你在我的眼前，早已经注意到这一点即可。

"你父亲经常大声高谈阔论，如果你反驳，或者不认真听，他就会发脾气。那时，我没有帮你辩解，只能顺从你父亲，我一直觉得很对不起你。现在也这么认为。你从小就逆反心理很强，总是觉得别人讲的话没意思，更不喜欢听你父亲那样唠叨。其实，这不是原因，本来就没有原因。"

"你还记得吗？我值班的时候，你一个人在学校的图书室看书。你喜欢将书本里的内容联系到自己的想象之中，就像积木王国那样，那是你自己的世界，你自己创造的世界，如果厌烦了，可以自己随意毁掉的世界。听别人讲故事，即使再精彩，对于你自己的世界来说，都是外来的打扰。你不听老师讲课，其他同学讲话时你故意插嘴，上课时其他同学回答问题时，你抢着说出答案。如果是小学低年级，其他孩子也许会佩服你，但是，到了高年级，同学们便会讨厌你。"

"你察觉到问题所在，懂得承认周围人的能力，并逐渐在日常生活中付诸实施。你最初选择的对象是班里家庭最贫困的同学，他的脚有些毛病，说话有一点口吃，平时沉默寡言，没有朋友。他名叫'吉村'，对男女两性兴趣浓厚，而且知识丰富，你便从这个话题开始和他聊天。你们低声说悄悄话。一开始，你们闲聊一些杂事，比如天气、老师的脾气毛病之类，然后一点一点把话题转到男女方面。两性方面的话题并不只是身体特征，比如女孩子的脚趾，有时也让人兴奋。吉村面不改色，低声细语地讲述着这些。女孩子到达一定年龄，就会自动淌血；爸爸妈妈为了生孩子要抱在一起；用手抚摸私处会喷出白色液体，感觉特别舒服。你虽然了解这些知识，但是听到这些之后，一边逐个找周围同学交谈，一边继续与吉村交朋友。

"不久，你不仅和吉村成了好友，还和周围同学加深了交流。你听同学们聊起旅行的感想、体育活动的乐趣、对于女孩子的单相思以及对于任课老师的意见等等，你先倾听他们讲话，渐渐地也开始讲述自己的想法。不过，你的语调和用词与以前不同，你注意选择对方感兴趣的话题，而且使用比较客气的口吻。

"你就这样逐渐改善了和班里同学之间的关系，不过在那之后，你仍然走那条小路去学校。因为你喜欢路边的野花。油菜花之后，还会盛开连翘花。你一直在脑海里想象花朵扭曲、重合、收缩的情景。你觉得无论什么时候，花都很美。所以，当你看到美丽的花草时，内心就非常舒畅，花草给了你很多启发。"

我听到的虽然是母亲的声音，但是说的都是些母亲不知道的事情。母亲知道我在小学五年级的班长选举中落选了，但是不知道我一直走小路去上学，也不知道路边盛开油菜花和连翘花，不知道我和吉村交朋友，我和吉村聊天的内容，母亲更不可能知道。我自己的记忆已经淡泊，关于吉村的记忆早已消失。消失的记忆残留的印象究竟是怎么一回事？

"例如积木王国，'积木王国'这个名称已经消失，你小时候用积木搭建王国的记忆也已经从脑海中消失。你已经忘记，就算我对你讲起，你也想不起来。在你的脑海中，想象力所编织的世界，有外墙，有支柱，有外部装饰，这些都错综复杂地结合在一起。那就是残留的印象。从另一方面讲，那些残留的印象已经成为你脑海中想象世界的重要组成部分，所以从记忆中完全消失了。它并没有改变形式和姿态，而是成为了其中一部分。"

母亲所讲述的内容并不是我自己记忆的再现。不过，母亲并没有错，积木王国是构成我想象世界的一部分。

　　"周围人都以为你改变了性格，但你的性格其实完全没有改变，你也从来没有想过自己是什么性格。你不在意性格，只是注重倾听别人的话语，结果，你在自己的想象世界里筑起了强有力的保护网。周围人所讲的越是无聊，你自己的想象世界就越是丰富多彩。另外一个重要的事情是你不必再关心别人。本来，你自幼儿时代开始，就对他人漠不关心。关注他人与承认他人的存在并无必然联系。小学五年级的时候，你学会了一个非常重要的本领，那就是维护你自己想象世界的保护网，不必关心他人就能树立自信。这也许是油菜花给你的启示，你明白吗？积木王国是你通过积木这个玩具创造了你自己的世界。你确信不必关心他人，这样你就学会了一个重要的本领。想象是无限的以及无穷无尽的，我感觉你从小就察觉到这一点。当时，你的语言还不成熟。你曾经说过，积木王国的国王是不会没有的，只是隐藏起来而已。那个国王还在，国王就是我，不会没有。我只是自己把国王藏起来了。"

1

"你的想象力，比你的实际能力要强得多。"

母亲的声音很温柔，语言的选择和组合也都非常准确。开满油菜花的小路的画面瞬间清晰地浮现出来，我还回想起曾经几度在这里迷路的往事。感觉很相似，我感觉那条小路有点像什么东西。当时并不是我主动选择去走那条无人问津的小路的。我最初是被盛开的油菜花所吸引而踏上这条小路的，我大致确认了学校的方向后，便走上了这条路。进入树林后，密密麻麻的树木遮挡住我的视线，使我辨不清方向。树林中时而遇见岔路口，时而受灌木丛阻拦寸步难行，时而还会被大岩石挡住去路，甚至有好几处地方都不能称之为"路"，仅是茂密树木和灌木丛之间的缝隙而已，但是我却很喜欢穿梭其间。大概是幼时的几次迷路的经历，使我已经习惯了迷路的感觉，甚至还略微喜爱上了这种感觉。

"那是走廊，酒店的走廊。"

母亲的声音告诉我了答案。这并不是母亲在说话。但也不是我记忆的重现。母亲不知道那条小路，也不知道我曾呆站在酒店走廊里。我虽然还记得那条小路，但却不记得走在那条小路上时停止思考的事情。不过，那条小路确实和酒店走廊很相似。

"无论是那条小路，还是酒店走廊，其实你哪里都不想去。你并不是思考着学校的事情才走上那条小路。最终，虽然你放弃了思考，但那不是目的，而是结果。你决定停止思考，去倾听他人的话语，承认他人的存在。于是，你成功了，你又受到全班同学的爱戴。受人喜欢是一件值得高兴的事情。但是，为其所付出的努力，对你来说并不寻常，而是一种痛苦。因此，作为对痛苦的反抗，你的想象力变得愈发天马行空。你在这世界上有一部最喜欢的电影，讲的是一对男女在曾经的日军占领区法属印度支那相识的故事。战败后，他们二人在日本重逢，面对着悲惨的现实生活，感叹曾经美好的时光，其中还有一些仿佛是在赞美战争的台词。此时的男女各自又都有情人，却在一起生活。这是一个有违道德的故事，但你却感同身受，反复欣赏它。"

"影片的最后，只有一个场景重现了人类不可或缺的某种东西。你像着了魔一般，凝视着这短短几分钟的场景，就为了看这一幕，又从头到尾把整场电影看了一遍。那一幕讲的是一个在林业署工作的男人，带着女人离开东京，坐着小船从鹿儿岛出发前往赴任地屋久岛。这一幕没有台词，只有男女俩紧紧依偎在一起，共同承受着暴风雨的拍打。你觉得只有那个瞬间，男人和女人才感受到他们不能失去彼此。彼此依偎着承受暴风雨的打击，希望那一个瞬间成为生活中的现实。因为那一瞬间，不需要想象力的飞越与逆袭，也没有往常的不安和恐惧。小说对你而言，是任何事物都无法替代的救赎，是能带给你成就感的事业，还是将抑郁镌刻在神经深处的载体。你没有小说或许就活不下去，但这个事实本身并没有那么容易接受，不是吗？"

这虽然是母亲的声音，但内容却只有我自己才能明白。母亲对我讲述的内容，包含着以下几类：母亲自己的记忆、我的记忆、我已经忘记的往事以及我没有察觉到的往事。这些记忆全都杂乱无章地混杂在一起，有时无法区分。

我从来没用过"想象力的飞越与逆袭"这个词。心理医生也从未使用过这个词。"飞越与逆袭",听起来就像是娱乐电影的片名一般。我对"没有小说或许就活不下去,但这个事实本身并没有那么容易接受"这一点并没有明确的自我认知。但是我认为她说的没有错。小说对我而言,确实不仅仅是一份工作,更是我经济、精神的支撑,是我逃避被天马行空的想象力压垮的方法。但是,小说与积木不同,不能随心所欲地搭建各种形状,也不能在厌烦之后就推倒重来。小说虽为我所创,但我却无法自由支配它。小说有固定的结构和细节,首先你必须发现它们,锁定它们,然后遵从它们。

"最好的例子就是自动扶梯。"

不知不觉,我对母亲说的话产生了兴趣。兴趣伴随着不安,不知为何,我开始听到母亲的声音,它促使我的记忆,像从海底升起来的泡沫一样,浮现在脑海。其中也混杂着不愉快的记忆。但是,在我和真理子一起迷路,真理子又不知所终后,一个人在彷徨无助的世界里,只有母亲的声音给了我某种指引。在此之前,那个声音讲述的主要是母亲和我的过去。是日本战败时,朝鲜当地人结伙闯入母亲的家,她藏身在壁橱里的往事;从郊外的公交车终点站走夜路回家;绣球花、百日草和油菜花;德牧犬的幼犬;我初中时写的作文;随母亲一起值班时度过难忘时光的图书室,这些往事和记忆的碎片可能都装在一个叫作"积木王国"的容器里。这容器像是一个汇集了记忆与想象的地方,一个没有固定形状的建筑物。而且,不知为什么,母亲的声音能让我从外面瞥见这个容器里的一切。

"你一直乘坐着自动扶梯。那个自动扶梯是你小时候安装在百货公司里的,只有一台,从一楼到二楼上行的扶梯。刚安装时,你非常开心,反复要乘坐那个扶梯。你跨入这里的世界后,应该看到很多东西吧。这些全都是你那复杂而又庞大的积木王国里的东西。随着你的成长,积木王国里的东西也越来越多。如果把它们留作影像或图片,恐怕油菜花就有几万个种类。自动扶梯也是其中之一,它鲜明的印象保留在你的积木王国里。"

那么,真理子消失后的、我注目的以及乘坐的自动扶梯都是再现了我小时候反复乘坐自动扶梯的记忆吗?

"年轻的时候,你无论如何也写不出小说。实际上,自动扶梯虽然难得一见,但到处都有相似之物,你就像是乘坐在自动扶梯上,在同一个地方徘徊。在那个时候,你的想象力依旧如天马行空,噩梦般的日子不断在脑海里重现。你思绪混乱,曾经多次打算放弃写作小说,不断地试图离开作家的职业。那时,你写的小说是在罗列描述你目前所处的世界，准确地说，不能称之为小说。你没能察觉到虽然积木王国博大精深，但它不过只是一个容器。容器只是用来容纳和存储并从中取出所需之物的器皿。所以，无论如何精心描写容器，也徒劳无益。你放弃小说，然后又重新开始写作，但是在理解小说的真谛之前，又再次放弃，逃离它。这样的过程，你经历了数百次。"

"你不知道怎样把现实和日常写成虚构的故事。那时你还不到二十岁，你一次次地放弃，又一次次地重新拿起稿纸埋头写作，这一幕重复了几百遍。年过二十，你依旧不知道该如何写作。你甚至没有察觉到写作并不是技巧问题，你孤立无援，独自苦恼。积木王国越来越臃肿，你想描写人在吸食毒品之后的精神错乱，但是无数次失败，失败后仍然继续写作。反复失败并没有得到任何教训，于是，你开始认为自己永远都无法理解写作的真谛。这是唯一正确的，谁都无法理解，也没有人能告诉你。"

"你固执地描写毒品导致的幻觉、异常的行为和奇形怪状的扭曲的风景，那一定会失败。虽然你在油菜花小路上不再胡思乱想，开始去倾听他人，去认真对待他人，但你产生了一种错觉，心想这是不是一个根本性的错误。我是不是不应该认真对待他人？我是不是必须把他人抹杀掉？我是不是一定要回到年幼时的自己？就是在油菜花小路上，你察觉到了变化之前的自己。为此，我是不是必须要抹杀什么东西或什么人？抹杀什么人，简而言之，就是要杀死什么人。不一定是人，杀死动物或是小鸟也可以。"

"由于出现了这种精神错觉，你买了一把刀。那真是可怕的时期！你已经二十三岁了，但你认为为时已晚，从年龄上来说，已经为时已晚。当你想要尽快抹杀掉什么的时候，突然看到空白的稿纸边缘上，有一只像墨水点一样，或者说烟灰大小的小虫。那是一只非常小的昆虫，小到如果它不动，你就不会发现它是生物。当你想用手指碾碎它时，突然你的手停住了，看着那只小虫从稿纸的一端爬向另一端。你突然想到，就描写这只虫子吧。要怎么描写这只虫子呢？怎样让这只小虫在小说中出现呢？正在思考的时候，突然出现了异样。你感觉积木王国化为建筑物，化为容器，闪现在你眼前。你先看到容器的边缘，一动不动地等待着，然后看到容器内部的一小部分。你觉得那是你在年幼时创造的，记忆中的各种场景随后错综复杂地交织在一起，成为臃肿的积木王国的一部分。这个王国在发送信号：描写这只虫子时，不能放在文章的开始，而是要写在第二行，你按照积木王国的指示，动笔写下了小说的第一行。"

"不是飞机的声音。"

2

"从你写处女作的第一行开始，你就已经完全撕开了自己的
伪装。"

母亲从来都没有读过我的处女作。我刚开始写作时，她说紧
张得不敢读我的小说。我耳边回响的是母亲的声音，但她并不在
眼前。不过，这个声音应该不是由我的记忆和想象所创造的。积
木王国，我既没有使用过这个词，也没有回想起过。

"你写作的作品数量实在太多，就好像一个播放音乐的歌单。"

我不知道母亲在说什么。一个播放音乐的歌单是指像 iTunes
里的那种歌单吗？父亲去世的两年前，我给母亲买了一台苹果笔
记本电脑，开始和她互发电子邮件。母亲经过一个月的时间，终
于学会键盘和邮件软件的使用方法，每隔几天便会给我发一封邮
件。但是，父亲对电脑毫无兴趣，也不会操作，却妒忌母亲使用
电脑。因此，一年以后，她给我发来最后一封邮件，上面写道：
"你父亲不喜欢我用电脑，以后就不发邮件了。"母亲除了发邮件
之外，对电脑的其他功能不感兴趣，她从不上网络查资料，或者

用电脑听音乐。当然也不知道 iTunes，更不懂什么是歌单。所以，母亲所说的这些都是我的记忆和想象的世界里产生出来的。

我并不认为我创作的作品就好像是播放音乐的歌单，而且，我也从来没有将小说和音乐联系在一起。但是，或许在我的记忆和想象的世界里，也就是那个积木王国里，存在着杂乱模糊的记忆碎片。难道是我脑海里一瞬间不自觉地想到的、连记忆都不曾留下的东西吗？

"那个歌单对你来说，就是你自己一路走向死亡的路标。"

母亲的声音引起了我强烈的不安。

"那一次我们一起去散步的时候，是在绣球花凋谢的时节。"

母亲的声音里，语气和声调丝毫没有变化。"你自己一路走向死亡"，说出这样令人恐怖的话语时，她的语气却异常平静。我愈发困惑了，不明白那是什么意思，内心中充满焦虑和不安。

"你看着枯萎的绣球花，那样说道。"

的确，母亲的声音里，从一开始，语气、声调都没有变化。不论是谈到在朝鲜所经历的战败后的动荡混乱，还是充满回忆的少年时代，她的声音都是那么平淡，从未表现出任何喜怒哀乐。当然，那并不是人工合成的语音，的确是母亲的声音。

"这个绣球花就要枯萎了，你那样说道。明年还会长出花蕾，开出新花，但是这朵就此枯萎、消亡。"

　　枯萎的绣球花意味着什么呢？

　　"你把那枯萎的绣球花和自己重合了，因为你是无意识的，所以没有留在记忆里。而且它和死亡相关，因此你尽量避免去想起它。你将数量庞大的音乐分门别类，列出歌单：外国的、某个国家的、特别记忆深刻的、节奏缓慢的、令人怀念的、精神紧张时听的古典音乐、和家人一起茶余饭后欣赏的、和女孩子在酒店一起听的等等。这些音乐不是你自己创作的，而是古往今来的音乐家们创作的，歌单则按照你自己的想法编排，都是一些和你的人生密切相关的音乐。一般在饭店、商场或者体育馆等人流密集的地方播放。但是，你的歌单上的音乐和那些音乐属于完全不同的层次。你的音乐不是那种和周围风景同化的背景音乐，也不是由别人挑选的、在街上经常听到的那种音乐，而是你精心选择的，在你经历各种环境并与他人有了密切关系之后，而且，顺序和排列方式都是你自己反复斟酌后决定的。"

　　"你回想一下酒店的走廊。不要单纯比较音乐和小说。你从某个时期开始，为了疏远女人，长期居住在酒店。在那之前，你和很多女人交往，但从那个时期开始，选择一个人独处。那并不是出于道德上的理由，也不是因为要和女人应酬，对女人提出各种各样的要求，或是女人反过来向你提出要求而感到麻烦。其实你自己也不知道其中的理由。你不可能知道。因为那与死亡有关，所以你刻意回避。而且，你总是处于混乱和不安之中，那还是在找医生进行心理咨询之前。你长时间伫立在走廊，凝视着灯光，懒得去任何地方。你并不是失去了生活的希望，而是不想出门，不想见任何人，不想做任何事。这些大概发生在七八年以前，在那之后，反复了好几次、几十次，甚至无数次。你一直认为自己只会写作，而且也依靠写作生活。所以，你一直处于孤立、抑郁、忧郁、不安、恐惧之中，正因为如此，你一旦不写作，就只能伫立在走廊里，无所事事。"

"我觉得什么都没变。实际上，你和当初在祖父母家，在走廊上搭建积木王国的时候相比，没有任何变化。只有语言没有背叛你，也没有让你失望，更没有让你厌倦。你在二十三岁的时候，能俯视积木王国，看到内部，看到大大小小的无数积木。就像命运的安排一样，你写下了第一本小说的第一行。从那以后，你写了很多小说。但是，那些都是从一行文章、一个词语、一个文字以及它们的组合中产生出来的。小时候无法分辨的一个一个的积木，它们如同天空中的星星那样涌现在眼前，你从中选择，按照顺序和种类制作音乐歌单，分类组合起来。这是作品集。作品集没有让你失望，也被众多读者接受，作为系列作品被保存下来，保留至今。你并未因此感到疲乏，感到厌倦，感到失去写作能力。相反，你从小时候开始，就有一种孤独、抑郁、不安和恐惧的感觉，为了和这些情感共生，你只能一个一个地捡起积木，将它们拼装组合起来。你已经意识到，这比其他任何东西都重要、珍贵、无可替代。"

"但是，你精神上的混乱不安逐渐加深。那并不是因为选择积木为你带来痛苦，也不是你感到无法将一个文字、一个词语、一行文章组织在一起。你的精神无论遇到怎样的麻烦，即使在几乎要失去自我、陷入不安动摇的时候，也能将一个文字、一个词语、一行文章组合在一起。作品集在那之后也不断扩充。有一次，你一边凝视着灯光，一边伫立在走廊里，你感到异常安心。走廊是用来行走和途经的地方，不能长久逗留在那里。其实，你可以哪里都不去，甚至没有必要返回房间。就在那个时候，你察觉到这种安心和什么十分相似。是的，就在你父亲去世之后不久，就是那个时期。"

"当你站在走廊里，无意识中想到死亡。并不是考虑自杀，完全不是那种想法，而是觉得自己正走向死亡，这是十分正常的想法。所有的人从出生开始都会走向死亡。你觉得作品集就像是走向死亡时的路标。就在你产生那种念头时，我和你又见了一次面。现在你所进入的奇妙世界，这是为了和你相见而设的。你还记得吗？我说起在朝鲜看到百日草的故事，还讲了很多你小时候的故事。你还记得吗？你还是小孩子的时候，我们一起坐在你祖父母家附近的石阶上唱歌。我们俩都喜笑颜开。从那以后，你和我都在走向死亡，我们应该是在通往死亡的路上重逢的。"

3

"我想起了与你一起度过的日子。我一直希望我们能再次见面。你知道，我作为你的母亲，想要再一次见到你。从我们都意识到我们正在走向死亡的那一刻起，从你的父亲去世的那一刻起，从你理解音乐歌单、作品集的意义那一刻起，你就知道了。在那之前，你一直像小时候搭建积木王国一般地写作。你并不是没有意识到死亡，你只是很难感觉到自己确实在一步一步地走向死亡吧。每个人年轻时都是如此。死亡经常会出现在你以'性'为主题的小说中，但其中却并没有正在走向死亡的实感。"

一种奇怪的感觉笼罩着我。我感觉母亲的声音仿佛穿透我的皮肤，渗入我的心中。迄今为止，我有很多事情不明白，不知道母亲都在说些什么，为什么她能说出很多她不可能知道的事情的细节。但是，现在情况不同了。自从我在这里的世界听到我母亲的声音之后，第一次有这种感觉。她的语气、语调都没有改变。她的声音和说话的方式也没有改变，但是内容发生了变化。她告诉我的毫无疑问是真实的，包括我未意识到的或从我的记忆中抹消掉的。

"当你觉得一朵花很美时，无论你多么焦虑，都不是精神疾病，你曾经看着我们所说的绒球菊花，这样对我说。那种花十分美丽，在夏天也不会凋谢，是一种长久盛开的小花。"

绒球菊花。它们有小小的球形花朵，像棒棒糖一样，从夏天一直盛开到初秋，花期很长。在带着狗与母亲一起散步时，我会看到它们，在经常路过的小路边，在百日草旁，一簇簇地生长着。它们有几种不同的颜色，粉红色、紫色和红色，我和母亲总是会停下脚步，看着这些在微风中轻轻摇曳的球形花朵。我们从来都不会厌倦。现在，绒球菊花在我的视野中清晰地出现了。它没有模糊，没有变形，没有扭曲。

"在你精神出现不稳定之后，我也变得不稳定了。"

母亲的声音还在继续。她说的是事实。我一直都没有忘记。

"那是在你父亲去世之前的事。你还记得原因吗？大概你已经不记得了。你并不是忘记了，只是在这里的世界你的记忆会出现部分扭曲。这并不意味着你篡改了过去。你从小就是这样，不是你不做，而是不会做。如果你伪造自己的过去，你就写不了小说，也不可能在小时候用积木搭建一个王国。"

不，我记得，我脱口而出。我不知道我进入这里的世界后是否说过话。当真理子还在的时候，我想我们应该说过一些话，但是并没有发出声音，那些话只是在我的内心回荡的感觉。

"我们乘上去吧。"

母亲说着，眼前出现了自动扶梯，但是下行。下去也可以吗？

"不管是上升还是下降都没有关系，你乘上去就可以。你只要移动就可以。记得你第一次在家乡的百货商店看到自动扶梯时，曾经一口气坐了几十次。那个时代，自动扶梯还很稀奇，它只能从一楼到二楼，而且只有上行没有下行。所以，当时你从一楼乘自动扶梯到二楼，上去之后从楼梯跑到一楼，然后再乘自动扶梯上去。那时，我一直都在身边陪着你。"

如果我移动，会有什么变化吗？我能够离开这里的世界吗？我这样想着，陷入了一种不安。当我离开这里的世界时，又将会在哪里呢？那时我将看到怎样的风景呢？当我离开这里的世界时，我还能听到母亲的声音吗？

"你不必考虑这个问题。"

突然间，我感到一阵异样。尽管我一直认为这是正常而又理所当然的，但当我发觉自己大脑里的想法和想象竟然直接传达给母亲，还是突然觉得很不可思议。母亲没有出现在我的面前，现实的真实感也没有恢复。我现在乘坐自动扶梯向下移动，但不知道要去哪里，也不知道我为什么要去。只是，有一个明显的区别。那就是到目前为止，这里的世界里的所有东西都是模糊的、变形的、扭曲的，与其他东西重叠在一起。但是这个自动扶梯不同。它非常清晰，甚至可以通过鞋底感受到它的质感。它是金属的，上面有细密的凹槽。我正准备抓住扶手，突然感到一阵不安，便停了下来。我觉得，如果我抓住扶手，就会立刻出现一个不同的世界。我担心自己会回到现实中去，不知为什么，变得害怕起来。本来在这里，我一直都感到非常不安，为什么还会惧怕离开这里的世界呢？

"我想要永远陪在你的身边。"

听到母亲的声音，我感到自己的身体在颤抖。自从我闯入这里的世界，从来没有像现在这样意识到身体的颤抖和周围的温度。

我用力抓住自动扶梯的扶手，以便阻止自己发抖。于是，自动扶梯从我的视线中消失了。并不是我的整个视野变得昏暗，而是自动扶梯像气球破裂一样迅速缩小并失去了形状。

"我以前从来没有想过，我会陪在你身边，你会陪在我身边。当我坐在你祖父母家附近的石阶上和你一起唱童谣时，当我看着你玩积木时，当你反复乘坐几十次自动扶梯时，我都在你身边，但我并没有陪在你身边的感觉。因为没有必要感觉。我们是母子，这很自然，我们不需要意识到自己就在对方身边。当你长大之后，离开家，远离我们，成为一名作家时，我也没有想过要陪在你身边，或者想让你陪在我身边之类的事情。"

我的眼里突然充满了灯光。我正抬头看着天花板上的一盏灯。我也不知道那是什么地方的灯光，那是酒店走廊里的吗？无论它是哪里的都不重要。那个灯光和之前的自动扶梯一样，十分清晰，没有模糊，没有与其他东西重叠，也没有扭曲。但是，我只是站在原地，仰望着灯光，一动不动。母亲催促我说：我们乘上去，离开这里吧。

"你已经移动了一段时间。你乘坐在一个交通工具上，但你并不知道它是什么。"

天花板上的灯没有移动。我真的乘坐在交通工具上吗？母亲的声音虽然告诉我，我们正在移动，但我并没有这样的感觉。她没有回答我的问题，却开始讲起了另外的话题。

"我第一次感觉到你陪在我身边的时候，是在你父亲去世那一天。"

我的心里涌上一股莫名其妙的情感。那是一种强烈的异样感。那是一种无法抗拒的绝望，一种恐惧和焦虑，感觉即将发生奇怪的事情，同时又夹杂着一种淡淡的安心感，让我想起了一些被遗忘的愉快回忆。

"你父亲去世之后，你回到家乡，有条不紊地办理了葬礼和告别仪式。在葬礼上，也是你做丧主致辞，而不是我，大家都对你如此冷静印象深刻。家人和亲戚们都注意到你根本没有流泪。一滴眼泪都没有，甚至连眼圈都没红。我并不在乎这些，因为我比谁都更了解你的性格。最后，我们带着你父亲的遗体去了火葬场。当然，在我们做最后的告别时你也没有流泪，你静静地看着父亲的遗体进入火化炉。大概一个多小时吧？也许更久一点。我们这样一直等待着。在此期间，家人和亲戚们聚集在一起谈论对你父亲的记忆，聊着聊着，有些人甚至哭出声来。那时你从亲戚们聊天的桌子上把我拉起来，带到一个稍远的桌子旁。你知道，我和那些亲戚聊天感觉到很痛苦，因为我和他们已经十分陌生。

"然后，工作人员走过来说已经准备完毕，我们就向火化炉走去。你走在最前面，我就跟在你后面。然后你突然停下来，转向我，用别人听不到的低沉声音说：'妈，您没问题吗？我觉得或许您最好还是不要看。'我不知道你在说什么，也没有理解你的意思。我沉默了半晌，你还是和小时候一样，说话直接了当，一点也不含糊。'在这前面的房间里，父亲已经变成了骨灰，您还有勇气去面对吗？'你这样问我。我说不出话来，不一会儿，我们在身后的人们簇拥下，身不由己地走进了那个房间。顿时，我感觉自己腿软快要倒下。我明白你为什么劝我不要看。你注意到我晃晃悠悠地站不稳，便急忙扶住了我。那时，我紧紧地握住了你的手。就在那一刻，我感受到你就在我的身边。"

4

"我一直以为你会陪在我身边。"母亲一直重复着这句话，让我无所适从。她以前似乎从未对我说过那样的话，而且我记忆中的母亲从来就不会说出那样的话，感觉她的话语就像是堆砌起来的毫无意义的辞藻，单纯作为记号渗透在大脑中，一时间让人不知道究竟是谁在说话。"陪在我身边。""陪在我身边。""陪在我身边。"她到底在说什么啊?！当我想再仔细地确认一遍时，她的声音却戛然而止。仅我所知道的事实而言，实际上根本不是母亲在向我倾诉。可能只是依稀的记忆逐渐复苏，也可能只是回想起过去从母亲那里听到的话语，我一直是那样认为的。但是我逐渐意识到母亲根本不在这里，这个事实充斥在我的脑海。

"关于你父亲，我从来没有考虑那么多。"

母亲的声音不经意间又回响在耳边。

"我至今也不知道他到底是不是个好丈夫，是不是个好父亲，甚至是不是个好人。或许，你也不太清楚吧。或许他是一个出色的画家。但是其他的我一无所知。怎么也无所谓，对其他人而言，根本也是无所谓的吧。但他对我而言，是无可代替的男人。并不是因为和他结婚，我才有这样的想法，而是因为这样认为，我才和他结婚。从他的身体在这个世界上消失的那一刻起，我就始终在思考你会不会一直陪在我身边，还是会离我远去。但是，你不要误会我。并不是因为你陪在我身边会让我感到高兴，离开我会让我感到寂寞，我从未有过这样的想法。只是单纯地在思考你会不会陪在我身边而已。"

她的声音突然停止消失了。我感到惊恐不安，就好像被世界末日的恐惧笼罩在心头，我还想听母亲继续说，但是无论等待多久，母亲的声音都没有重新出现。我想仔细咀嚼母亲方才说出的那些话。在讲到父亲的葬礼之前，母亲确实说过"乘上去吧"。虽然我们已经乘上交通工具，正在移动，她却并没有说明究竟是哪种交通工具。然而，无论是周围还是附近根本没有任何交通工具。本来这里的世界就没有周围这一概念，只有我们的想象和记忆营造的视野而已，但是现在连周围也消失了。已经没有了灯光，没有了自动扶梯。也不知道周围是否一片黑暗，不知道能否看清周围，不知道我现在是睁着眼睛还是闭着眼睛，甚至连自身的存在都已经无法感知，徒增心中的恐惧。

　　交通工具和移动，我仔细推敲着从这些线索中能够洞悉到什么。突然，脑海中出现了"宫殿"这个词。纪念照、宫殿、都市，在我的作品中，这些都是和主人公相关的情节。我会让交替变化的景色与记忆交织在一起，先设计出一个如同纪念照那样的情景。然后，让纪念照中的那些人物聊天歌唱，四处漫步，进行各种活动。于是必然成为像宫殿那样巨大的作品。等宫殿竣工之后，我就像从宇宙鸟瞰地球一样去窥视宫殿的内部。虽然我曾经毁坏过宫殿。因为那是自己亲手建造的宫殿，即使轻易破坏掉也在所不惜。当我尝试兴奋剂之后，眼前注视的不是宫殿，而是都市。

　　宫殿到底是什么？这并不重要。宫殿是如何产生的？交通工具和移动，以及交替变化的景色。窗外的景色，不断出现在前方，越来越近，一瞬间被窗户的轮廓定格住之后，便又渐行渐远。这种场景反复出现，我将那时自己的思绪与飞逝而去的风景和记忆交织在一起，构筑自己的宫殿，然后记述在自己的作品中。宫殿并不重要，重要的是构筑宫殿的因素，也就是那些逝去的风景才是关键。正是因为那些风景飞逝而去，才必须乘上交通工具。

我和母亲一起乘坐的是公交车。我的故乡没有轻轨电车，儿时的记忆中没有和母亲一起乘坐电车的经历。我们一起乘坐公交车，将要前往何方呢？

"那是一个鲜花盛开的地方。"

母亲的声音从远处传来，微弱且若隐若现。

"那时，我们家还没有私家车，你父亲骑摩托车。那是一辆在当时算得上大型的摩托车，是从朋友那里买来的二手车，他很喜欢，经常骑着兜风。那辆摩托车后面没有载人的座位，只有一个载货用的、正方形的铁架子，不能载人。再说，摩托车的后座本来就不能载两个人。我们一家三口人，所以，只能你父亲一个人坐摩托车。我们一家外出时分两路出发。你和我乘公交车。你父亲从来不会和我们一起乘公交车，我也并不在意，觉得分头出发也无所谓。你父亲就是那样的性格，即使去同一个地方，我和你坐公交车，他自己一个人乘摩托车。这种做法是好是坏，我也不知道。他就是那样的人。"

记忆重新显现在脑海中。我和母亲一起乘公交车，并排而坐。

父亲从来不和我们在一起。我们在等公交车的时候，父亲已经先头骑摩托车出发了。他并不跟在公交车的后面。我们一家总是这样出行。鲜花盛开的地方究竟是哪里？

"我们经常去有田的陶器集市。"

有田就在我的故乡附近，那里盛产陶瓷器。每年五月黄金周时都举办陶器集市，来自各地的游客纷至沓来，十分热闹。我们一家每年都会去游览集市。我和母亲坐公交车，父亲骑摩托车，我们在陶器集市附近的公园会合。有时父亲的摩托车停在公园里，有时看不到摩托车的身影。他的摩托车比我们的公交车要更早到达。父亲觉得反正我们也不会很快到达，便经常独自一人先逛完陶器集市之后再来到公园。那公园的杜鹃花远近闻名，举办陶器集市的时节，遍地开满杜鹃花。

"以前拍过照片吧？"

父亲很喜欢摄影，有可能拍过一些照片。

"是啊，你父亲经常随身拿着照相机，他要拍照，所以基本上没有我们三个人的合照。那个时候，不知为什么，有一次拜托路人帮我们拍了一张照片。每次看到那张照片时，我都会有一种不可思议的感觉。一种前所未有的感觉，那是什么感觉，我自己也不知道。我不知道是什么缘由。我出生在朝鲜，并在那里长大，独自一个人每天往返女校读书，考入师范学校之后便离家搬进了宿舍，在战败后局势动荡之中返回日本，生下了你，为了抚养你而拼命工作。所以，我根本没有机会去思考那种感觉，也可能没有时间去思考。那是一种很寂寞的感觉。在那以前，我从未体验过寂寞到底是何物。但是，当看到我们三个人的合照时，我沉浸在那样的感觉中。而且，那种感觉与在你父亲的葬礼上你握住我的手时的感觉完全相反，那是一种截然不同的感觉。真是不可思议。当我看到我们三个人的合照时，有生以来第一次感到寂寞。"

5

"寂寞"，母亲这样说道。这句话并不是从哪里传来的母亲的声音，而是我回想起来的。那是清晰的记忆再次涌上心头，我感觉迄今为止从未有过类似的体验。

父亲去世后，在火葬场，当我握住母亲的手时，她也紧紧握住了我的手。之后，我听到母亲说："我一直以为你会陪在我身边。"在火葬场时，我的脑海里也闪现出同样的想法。我明白母亲这种"我一直以为你会陪在我身边"的感觉。因此，我的头脑十分混乱。为何会听到这样的声音呢？其中的深意含混不清，我发觉语言变成了一种符号。然而，这并不是外部原因造成的，并不是话语本身的意思模糊不清，或者语言自己变成符号，而是我自己将意思模糊化，将语言当成了一种符号。

之所以感觉混乱，是因为我不想去理解其中的含义。由于不愿意去理解，于是将语言分解了。为何会讨厌去理解呢？母亲曾说过，当她看见那张罕见的和父亲一起的合照时，有生以来第一次感到寂寞。她没有说感到寂寞的原因，大概连她自己也不清楚。我不了解母亲对父亲的感情。小时候，父亲长期在东京出差时，我曾经偷偷看到过母亲寄给他的书信的最后一部分。"致亲爱的你"，母亲这样写道。我看后心怦怦乱跳。母亲真的爱父亲吗？从这句陈腐的书信用语中根本无从知晓。感情的思念，大多数情况下自己也难以把握，有时还前后矛盾，这是无法用语言一概而论的。与单纯的语言相比，故事更能体现真实。在木野岭的山中，那时居住的画室既没有自来水也没有煤气，母亲只得去狭窄坡道下面的井里提水回来。提着盛满井水的水桶爬坡肯定十分辛苦。母亲曾经说，那时候还年轻，所以咬牙挺过来了。为何父亲从不做挑水之类的体力活呢？

虽然父亲喜欢摆弄照相机，但他在木野岭画室夜间拍摄的照片，记忆中只有一张。照片中，母亲与我一起躺在床上，面对着照相机的镜头。父亲应该是拿着照相机吧？母亲与我在一起时，总是笑容满面，露出一副开心的样子，但是在那张照片中，她却是少有的冷眼面对镜头。我们的床是父亲自己做的木质双层床，那时候我还太小，不能一个人爬到上铺，总是和母亲一起睡在下铺。可在我的记忆中，父亲不曾在这张床的梯子爬上爬下。那时候也没有留意过这些，但是，记得母亲曾经说过，你父亲几乎很少回家。

耳边已经听不到母亲的声音了。只有沉睡的记忆苏醒过来。时至今日，我难道仍然迷失在"那个世界"吗？我还无法回到现实。但是，并没有因为想象过度而产生颠覆现实的感觉。记忆中的影像是静止的，颜色不甚鲜明，分辨度不高，且充满胶片的颗粒感。不过，画面并没有扭曲，那些花草、自动扶梯以及灯光也并没有重叠交错。我的脑海里浮现出与父母的三人合照，照片整体色调看上去如暮色一般昏暗，像是老照片一样黯淡发黄。的确，和父亲一起的合照照片极少。他始终为我们拍照，我不晓得那时候的双眼反射式照相机是不是有延时摄影功能，即便有，大概父亲也不会使用。我无法想象父亲设置好延时摄影的时间后急急忙忙站到我和母亲身边一起拍照的场景。母亲为何看到这张罕见的三人合照会感到生平从未有过的寂寞呢？她说在父亲的葬礼上，握住我的手时感觉到"我一直以为你会陪在我身边",而与这种感觉完全相反,那是一种截然不同的感觉,这究竟又是怎么回事呢?我惊觉,所谓寂寞感,并不是希望心爱的人陪伴在自己身边却又无法实现,也不是得不到周围人的理解,孤零零的独自一个人所感到的寂寞。

　　有人说,父亲当年的相貌酷似某个电影演员,他经常以此炫耀自己。他声音洪亮,开朗乐观,而且能说会道,幽默风趣,和周围人相处得十分融洽,人缘极好。所谓"周围人",指的就是除了家人之外的那些朋友们。他本人经常说自己是大男子主义,当家做主,而且是说一不二,若稍有不顺心,或是家人不按照他的想法做事,或是家人不同意他的意见,他立刻就会厉声斥责。虽然他并不动手打人,但经常暴躁咆哮,家人都十分害怕他。比如,桌上找不到他平素喜欢用的钢笔时,他批判电视上的播音员我却不加理睬时,他在高谈阔论母亲却起身去厨房干活时,他经常因为这些鸡毛蒜皮的小事而大发雷霆。他脾气暴躁,我和母亲都小心翼翼,生怕招惹他生气。父亲高声呵斥家人是为了在家人面前彰显他的威严。不知何时,我忽然意识到,他是在用高声咆哮来掩饰自己内心的脆弱,就像一个无法达到目的而大哭大闹的幼儿一样。不过,如果和正在气头上的父亲顶嘴,事态就会严重升级,母亲也会因此难过，所以我只得作罢。当他发火时，我就默默地听他训斥。

我作为一个小说家立足于社会之后，在年过五十五岁的时候，忽然理解了母亲为什么会看着三人合照而感到生平从未有过的寂寞。大约三个月前，自生活在朝鲜时就与母亲最亲密的弟弟过世了。他名叫与四郎，因大肠癌过世。我在电话中安慰母亲，但她只是无力地反复说着："你也要注意身体。"两个月之后，我去电询问近况时是父亲接的电话。他仅仅说母亲的身体很虚弱，让我多和母亲说说话。然后又接着说了一句：

"与四郎去世后，你母亲精神受到很大的打击。我以前经常对你母亲乱发脾气，是我不好。我向她保证从此以后再也不这样，我今后会变得温柔一点。"

那之后，我又与母亲通话。她的声音纤细，而且颤颤巍巍，像在哭泣一般。她说自己心神不宁，终日不知如何是好，于是去经常就诊的医院看医生，被确诊为焦虑型神经官能症，医生给开了一些药。那家医院是父亲平时看病的地方，主治内科病症，并不是神经科或心理科。给母亲开的药也是人们熟知的强力安眠药。曾经听闻若是不精通心理科与相关药剂学的内科医生，开处方药时会倾向于选择安眠药。

"我害怕刀子。"

母亲这样说道，我无比震惊。有一段时间，我也觉得刀子是恐怖的东西，并以此为创作素材写了一篇小说。但更准确地说，并非刀子本身恐怖，而是想象自己也许会拿刀刺伤别人，一定会持刀伤人，这种想法十分恐怖。后来，父亲接电话，他说母亲哀求他把家中的菜刀、水果刀全部藏起来，不想看到它们。我劝母亲到我这里来，请信得过的医生再诊断一下她的病情。

我带母亲去了信得过的心理医生的诊所。那个年轻的医生说，在病人的世界里幻觉和幻想并不是梦境，而是过度想象与现实相混淆。母亲在接受心理治疗时，我在其他的房间等待。

"您母亲可以每周都来做一次心理治疗吗？"

心理治疗结束后，医生这样问我。

"每周一次，大概要进行两个月左右的治疗。不需要一直待在这边，可以暂时先回九州，需要时再过来。再做两个月每周一次的治疗。如果可以的话，想让她持续治疗大约一年，但是请放心，您母亲的症状并没有那么严重。至于吃药，如果立刻换成药效较轻的药物可能会有一些不良反应，还是慢慢来吧。"

因为母亲在旁边，许多话医生不方便详细讲述。他只说了一句：“回头我们用邮件联系吧。”

在回家的车上，我问母亲同医生都聊了些什么。她略带微笑地说：“我告诉他我害怕刀子，但是他并没有继续问这些事。不过，他是一个好大夫，人很和善，什么都可以和他聊。他告诉我恐惧心理会渐渐缓和下来。”说罢，母亲流下了眼泪。

我没有问她为什么流泪。不久，母亲止住了哭泣，微笑着对我道了声“谢谢”。

“医生没有问刀子，而是问了许多你父亲的事情。”

我并没有听到母亲的声音。只是回忆重新涌现在脑海而已。带母亲去做心理治疗时的情景也并没有在眼前的全光屏上再现出来。现在，如气泡一般浮现出来的是母亲年轻时的照片中那双灰暗而悲伤的眼眸。但是，浮现在我脑海中的形象，究竟是什么呢？我努力在脑海中搜索记忆的线索，仅仅靠它们连接成一幅图像，因此这个图像的尺寸、清晰度以及连续性也是有限的。现在，我没有闭着双眼。人即便注视着现实世界，也能用记忆的线索想象出一幅图像。那些扭曲的自动扶梯、走廊的灯、门外映出的花草等等，那些究竟都是什么呢？我努力回忆，但是脑海中完全没有图像。扭曲交错的视野无法唤起回忆。我需要更广阔的视野。照片上母亲悲伤的目光如气泡飘荡在脑海，周围却空无一物，我也不知道那是不是黑夜。

"医生没有问刀子，而是问了许多你父亲的事情。"

母亲在接受心理治疗之后这样说道。

"医生没有问刀子，而是问了许多你父亲的事情。"

不知为何，母亲一直在重复这句话。

"医生没有问刀子，而是问了许多你父亲的事情。"

我给心理医生发邮件询问母亲的病情。医生的回信却使我惊愕不已。

"您的母亲并不是害怕刀子。她的病与弟弟的去世也无关。您父亲要保证今后不会对她大发脾气，会对她温柔一些。您父亲的言辞才是她的病根。"

6

心理医生的邮件总是那么简洁，只写结论，很少有具体的说明。例如"没关系""即使有些不安也能适应""一定能克服"之类的简单语句。医生平时肯定十分忙碌，与其详细说明，不如直接表达简明的结论更能传达正确的意思。但是，对于母亲害怕刀子的见解，我还是觉得很奇怪。我认为母亲的病情是因为关系最亲密的弟弟去世，而与父亲无关。而且，对于医生指出母亲是因为父亲而感到恐惧这件事，我觉得很不快，但我也不知道这是为什么。

　　我发了很多封邮件，每次的回信都很简短。

　　"我认为母亲的不安与关系最亲密的弟弟去世有关，不是这样吗?"

　　"不是。"

　　"但是很多人会因为亲人去世而感到非常抑郁，是吧?"

　　"这样的人是很多，但您母亲不是。"

　　"我不认为父亲是导致我母亲心绪不安的根源。"

　　"真的吗?"

　　"我不理解为什么'我今后会变得温柔一点'这样的话会成为不安的原因。'我今后会变得温柔一点'这样的话应该让母亲感到高兴，难道不对吗?"

　　"可能的确也有这种感觉。"

　　"如果是这样的话，为什么会成为不安的根源呢? 我完全无法理解。"

　　"因为您母亲预感到与您父亲的关系会变化。"

　　"那为什么会产生不安情绪呢?"

　　"因为无法适应这种变化。"

　　"对于刀子的恐惧，是怎么产生的呢?"

"您母亲对于刀子的恐惧，是一种前提性恐惧。"

"那或许是父亲的缘故吗？"

"如果您的这句话指的是她可能刺伤您父亲的话，那您说得不对。"

"那她会刺伤谁呢？"

"并不是她可能会刺伤别人，而是您母亲产生一种有人会刺伤别人的幻觉，因此产生了心理恐惧。"

"母亲觉得自己可能会刺伤别人，因而感到害怕，于是就把这件事告诉了父亲，并拜托父亲把菜刀和剪刀全部藏在自己看不到的地方，有可能是这样。"

"您母亲知道，自己不会刺伤别人。"

"如果她知道，那为什么会感到不安和恐惧呢？"

"因为想象。"

"什么想象？"

"有人会刺伤别人这种想象。"

"母亲刺伤父亲这种可能性，绝对没有吗？"

"没有。"

"现在我母亲十分不安。"

"是的。这种不安情绪的确很严重。"

"如果预感到与父亲关系会变化就会陷入情绪不安，仅仅是因为无法适应这种变化，就会如此情绪不稳吗？我无法理解。"

"我问了您母亲，您父亲对她说了什么，您母亲对这些话记得很清楚。"

"我父亲说，以前经常乱发脾气，是我不好，我以后再也不会这样了，我今后会变得温柔一点。"

"您父亲说，我会改变态度，说的是改变。"

"但是，是往好的方向改变吧。"

"这与好或不好没有关系。"

"那是什么？"

"是宣布要变成另一个人。"

我耳边听不到母亲的声音。我一直在回想和心理医生的往来邮件。

"宣布要变成另一个人"这句话一直在我脑海里翻来覆去。心理医生还补充说，这并不是感觉要变成另一个人。为了便于理解，心理医生向我介绍了他朋友的事例。他朋友是一名优秀的医药开发工程师，曾经研究出很多种经济效益很高的化学药物。但是，他性格十分暴躁。四十多岁的时候，他说感觉头痛十分严重，结果在脑部发现了肿瘤，通过手术保住了性命。不久之后，朋友的妻子去找心理医生咨询。因为朋友的性格在手术后发生了巨变，变得稳重、随和，简直令人难以置信，就像变成另外一个人，他妻子来咨询应该如何适应这种情况。医生告诉她不久就会习惯，不必担心。结果正如医生所说，大脑手术会导致性格发生巨变，如果理解并有意识地去接受这个事实，就能适应相互关系的变化。

"您父亲的情况不同。"

他不是性格变了，而是宣布要改变性格。宣布"我从今往后要变成另一人"，这在意识上无法接受。周围人不知道与他的关系究竟会如何变化，是已经改变了，还是正在改变，谁也不知道。是他正在努力改变呢，还是自己产生了错觉，觉得最近他笑容似乎增加了，大概那就是温柔吧。母亲也不清楚。她会怀疑那满面的笑容是否是真的笑容，并不是有意识的，而是从深层心理中产生的疑惑，这种疑惑转变为不安，如同泡沫一样，浮现在脑海里。这种不安的情绪突然剧增，愈演愈烈，直至无法忍受，仅仅数日，母亲就将对父亲的这种不安心理转换到对于刀子的恐惧上。

母亲的侧脸浮现在我的眼前。那是一幅静止的画面，一张似曾相识的照片，但刚才看到的画面非常昏暗，无法辨别脸庞朝向何处。而现在看到的画面，则是一片白色，混浊的图像，只有眼睛的特写。一开始我觉得视野全部被静止的画面所覆盖，这可能不是我眼前的视野。这是我实际看到的白茫茫的影像呢，还是我在追寻记忆，在脑海中形成的图像呢？我越来越无法理解了。我和猫相伴的书房，我常住的酒店走廊尽头的房间，和德牧犬一起散步的大公园，我想象着如果这些地方突然出现在眼前会怎么样。书房、酒店的房间和宽敞的公园，现在对于我来说只是单纯的词语，无法在眼前浮现。我现在是否处于过度想象超越现实的所谓"那个世界"，我自己也不清楚。

我开始怀疑自己是不是还活着，我想确认心脏是否还在跳动。微弱的脉搏告诉我，我还活着。但是，手却不听使唤。无法触摸自己的心脏。我想将手举到眼前看一下，但却看不见。只能看见母亲混浊的白色侧脸。突然，我想起了母亲说的那句话。

"当我看到我们三个人在杜鹃花前的合照时，有生以来第一次感到寂寞。"

这又使我想起了心理医生说的那些话。

在这张三个人的合照里，父亲满面笑容。母亲看着这张照片，在脑海深处怀疑这个人的微笑究竟是不是发自内心，于是就把这种感觉说成了寂寞吧。这种感觉在内心深处转换成语言，但无法说出来。我的口、唇、舌头都失去了知觉。手也不听使唤，低头向下看也看不到脚尖。甚至不确定自己是不是站着，身体好像是已经消失了一样。

我想动一下嘴巴，但是感觉非常奇怪。就像吃饭的时候牙齿咬到某种硬物的感觉。并且，那个硬物是冰凉的。大概是冰块吧。冰块、冰块、冰块，它反复出现在我的脑海里。我回想起母亲当时去取冰块的情景。她将冰块放在意大利制的精致玻璃杯里，不知道拿到哪里去。原来是拿去给父亲。

父亲是宿疾导致心功能不全而去世的。在病房里，他沉睡的时间一天比一天长，不久便停止了呼吸。正如人们常说的，永远进入了梦乡，静静地走了。根据医生的诊断和母亲的意愿，没有再做维持呼吸的医疗措施。在快要咽气的时候，父亲有一瞬间恢复了意识，他把我叫到枕边，想要对我说些什么。但是，他已经说不出话来，我什么都没有听到。

最后住院时，父亲心功能不全导致肺部积水，引起呼吸困难。需要在红砖围墙的总医院的重症监护病房里插上气管，时间长达两个星期。那之后，医生严格限制父亲摄入水分，只允许一天舔一个冰块。听母亲说，父亲在舔冰的时候，似乎非常开心。父亲去世后，母亲和我一起住。我为母亲腾出了一间和室，还准备了一个袖珍的佛龛。母亲每天起床后，就去冰箱里拿出一个冰块，放到玻璃杯里，供在佛龛上。我的口腔里冰凉的感觉，也许就是那个冰块。当我意识到这一点，身体像破碎一般，全身笼罩着一种异样的感觉。那是一种非常令人讨厌的感觉，而且是分层次的，并不是单调的。

我想起了自己。父亲呼吸停止的时候，我虽然精神上受到打击，但却想到，父亲走了也好，并且庆幸母亲陪在我身边，我因此陷入了一种自我厌恶的情绪之中。也许不是那么夸张的感觉。这样的想法应该谁都有过，即使在程度上会有点差别。但是，我一旦想象和母亲一起出门去遛狗，就感觉心情十分愉快。这种状况也并不奇怪。还是有几件关键性事情让我意识到这个层次性。父亲去世后，我和母亲同住，然而母亲留下了一句话后，就返回了故乡，那句话让我终生难忘。

7

"这里是我家，我家是这里。当我开始这么想时，我就已经变得不是我了。"

一开始母亲说这句话的时候，我还不理解。当我终于明白时，母亲已经决意要离我而去。

我一直过着独居生活。在我还是穷学生的时候，和一个比我年长五岁的家具设计师交往了三年。但是，我开始写作以后不久，她就和我分手了。我没有挽留她，甚至没有好好谈一谈。

　　"你以后会遇到更多女人。"

　　这是她最后留给我的一句话。我们在一起时，她请我吃饭，出钱帮我装电话，送我彩色电视机，资助我生活费。我很感激她，而且她还很漂亮，我曾经以为我会和她结婚，可是最后却以分手告终。直到后来，蓦然回首，我才发现和她分手是我人生中最大的失败。正如她所说，我以后又遇到了各种不同的女人，有过几段恋情，而她们也因为我是年轻有为的作家，和我交往。我自幼在美军驻扎的基地城市长大，来到东京以后，仍然怀念幼年时光，便在美军基地附近的城区住了下来。但那段时间，我的生活颓废，虚度光阴。我因为大量服用兴奋剂，被警察拘押。原来的地方住不下去了，我不辞而别搬到东京西郊的城区，租了一间没有浴室，只有公共卫生间的廉价公寓。我也不怎么去大学上课，整天就在家闷头写小说。回顾过往，我才发现，能看上我这样不成器的二十岁左右的青涩少年，除了那个家具设计师，没有其他人了。

　　在她之后的几段恋情都很短暂，我不想和谁一起生活，更没有和别人结婚的念头。我周围有很多女朋友，但是从来没有请她们来我家，总是在酒店约会。我无法想象和她们一起生活。我的家，有卧室、书房，以及浴室、厕所、饭厅、厨房，一应俱全，只是没有客厅。因为没有什么客人需要招待。院子像一个室外阳台，因为养了一只德牧犬，那是它的活动空间。母亲的房间，是从书房隔出来的，铺上榻榻米改造成的简单和式房间，里面放置了衣柜和小型佛龛。

我和家具设计师分手后就未曾联系，也没见过面。尽管我自认为并不寂寞，但是五十岁过半，精神状态开始出现紊乱的时候，经人介绍，我认识了那位年轻的心理医生。在开始的心理咨询时，医生一针见血地指出，我和那个家具设计师分手后一直忘不了她，而且，他一语道破了我的想法。

"您需要承认您人生中最大的失败就是和她分手。"

我问医生，是不是承认后我的精神紊乱就可以恢复。医生的回答令人难以理解：

"您应该很清楚，您可以接受自己精神紊乱的现在，而且您也很清楚，精神不稳定的自我才是真正的自我。"

这时，我的脑海里出现了一幅画面。画面里是我家的德牧犬，银杏叶飘落满地，金黄闪闪。画面十分清晰，图像也未扭曲，色彩鲜艳，没有泛黄褪色。自从我闯入这里的世界，脑海从未出现过如此清晰的画面，可惜，现在我仍然无法听到母亲的声音。

　　对于我来说，散步遛狗是我少有的心绪平和的时光。银杏叶泛着金光，季节已经进入深秋。我记得父亲去世后，那段时间我和母亲经常踏着金黄的落叶散步。那时，我想到今后每天都能和母亲一起散步，心中便泛起一股喜悦之情。尽管父亲去世让我感到惊慌，精神上也受到了打击，但是否感到悲伤，我自己也说不清楚。

　　母亲患上了刀子恐惧症，开始定期去看心理医生，那段时间我们每天一起出去散步遛狗。我误入这里的世界，一直以为从未和母亲一起去遛狗散步，父亲去世后，母亲也未曾和我一起住过，而是直接搬进了养老院。我并不是不想承认与母亲同住的生活，而是因为我不愿回想那之后发生的事情。我家附近是一个大公园，公园外围有一圈步行道，里面有树林，角落还有一些儿童游乐设备。草坪也非常广阔，可以踢足球。树林里用木板铺着人行道，夏天为了遮阴，我特别喜欢在树荫下和母亲散步。在那里，我和母亲一边遛狗，一边聊天。她断断续续地讲述了她在朝鲜的生活，以及逃难返回日本后的遭遇。但是，从来没有谈及父亲的话题。

母亲从佐世保的家里带来了衣服、化妆品等随身行李，以及从前的相册。照片已经开始褪色，所以我一张一张地从相册上取下来，扫描后保存在电脑里。其中有一张是在木野岭拍摄的，我和母亲站在井边，互相对视。这是我最喜欢的一张照片。此时，我的脑海里德牧犬和银杏的画面慢慢消散，我努力想让我和母亲在井边的那张合照浮现出来。那并不是现实中出现在眼前，也不是自己有意识能选择想象出来的画面。我眼前的画面，经常是突然出现在我的视野里。我意识到，在这里的世界中，连想象的画面都不能自己选择。想到这些，就感到既奇妙又恐惧，还略带有一丝怀念之情。我甚至还能感觉到口中有冰冷的异物感。这可能是母亲每天早上都把冰块供奉在父亲的佛龛上的缘故。我那种郁闷且恐惧，并且夹杂着乡愁的感觉越来越强烈。尽管我在这里的世界中反复体会过惊恐、不安、似曾相识等感觉，但是这次不同。我有一种马上就要揭开谜底的紧张感，那是一种自己将要察觉到什么的迫切感。而且，对象并不是单一的存在，而是层次重叠，不是点，也不是线和面，而是立体的。

正当我心绪不安、胡思乱想的时候，我突然发现，德牧犬和银杏的画面已经消失，缓缓出现了木野岭井边的画面。但总觉得有些异样。整个画面是暗色调的黑白照片，我和母亲中间是石制的井口，我们在相互注视着对方。母亲的侧脸轮廓和细节都很清晰，我的脸却很模糊，似乎正在消失。这可能与我不安的心情有关。我怎么会回忆起这张井边的照片呢？难道是母亲已经离我而去的缘故吗？

母亲和我住在一起之后，她的变化是从日常生活中的琐事开始的。最初是吃饭。我和母亲每天都很晚才起床，早餐的时候，母亲一般喝果汁，我喝浓咖啡。然后我们一起出门散步遛狗，再回来吃午饭。午饭一般是速食咖喱、素面或者荞麦面这类简单的食物。晚餐有时候是我做，也有时候是请保姆帮忙，或者叫寿司之类的外卖。母亲偶尔给我煮我小时候吃的炖鱼或者煎鸡蛋卷，但是过了半年左右，她就完全不做饭了。她说上年纪了，做饭很累，而且用不惯厨房的炊具等等。银杏树的黄叶慢慢落下，满地一片金黄。不久，北风呼啸，随后便迎来了新年。梅花和樱花季节也转瞬即逝。父亲去世一年之际，母亲出现了异样。

有一天晚上，为我们做晚饭的保姆特意准备了烤鳗鱼。
"最近您母亲好像没什么精神，我觉得要补一点营养。"
我和母亲会在吃晚餐，有时候也会在午餐时，小酌一两杯啤酒，但是今年春天过后，母亲完全戒酒了，而且经常沉默寡言。她看到烤鳗鱼时，开始用一种奇妙的方法吃饭。她像用小镊子夹出污垢那样，用筷子把鳗鱼皮上烤焦的部分夹出来，擦到纸巾上。洁白的纸巾开始一点点沾上黑色污渍。"您不吃鳗鱼吗？"我问她。她回答说："我正在吃啊。"但是，她完全没有夹鳗鱼，只是专注于挑出鳗鱼烤焦的部分。保姆似乎想说些什么，母亲的异常使我感到十分不安，我制止了保姆，说道："今天晚上就这样吧。"就请她回家了。母亲不断用筷子擦蹭纸巾，那片纸巾已经开始发皱，没过多久就开始四处撕裂，上面沾满了黑色的斑点。"您怎么了？"我问她。母亲回答说："要先把不能吃的部分挑出来。"然而，最终她也完全没吃那条鳗鱼。从那天开始，母亲就开始变得越来越奇怪了。

从那以后，母亲不再愿意出门散步遛狗，而且，总是不停地往父亲的佛龛前摆放冰块。当杯子里的冰刚出现一点融化的迹象，她就拿到厨房丢掉，然后换一个新的冰块。有一次午餐时，她还把自己的火腿三明治拿到阳台，丢给家里的德牧犬。我怀疑她患上痴呆症，就去咨询心理医生，却得到否定的回答。母亲每天早上起床都会读报纸，还可以自己去附近的便利店买零食或者便当，偶尔也和我聊天。她还读了我以前写的小说，夸赞我的小说内容精彩。但是，有时也会出现语无伦次的现象。有一次我一个人出门遛狗，回来后做了意大利面，我问她："妈，一起吃晚餐吧。"母亲却开始说起毫无关系的话题。

"你是我一直引以为傲的儿子。从小到大，直到现在，你一直都让人觉得可以依靠，但是也有脆弱的一面，让我放心不下。我做了很多年老师，见识过很多男孩，所以我懂，没有哪个像你这么优秀。你很懂得体察别人的感受，我教过的孩子里没有一个能像你这样。谢谢你。这里不知不觉变成了我家，让我安心的家。从你小时候起，有你陪伴的时光就特别快乐，我很喜欢和你一起聊天。这里是你的家，也是我的家。但是，现在的我，不能凭借自己的意志为自己做决定。我自出生以后，无论是在朝鲜还是在佐世保，我的人生一直都是由我自己做主。无法自己做主的我，总觉得不是真正的我，和我不一样。"

于是，在银杏叶金黄的时节，母亲收拾了衣服行李，还有父亲的牌位和照片，返回了佐世保。临走时，她只留下一句："真的谢谢你。"然后就悄然离开了。我没能留住她，甚至没能和她好好商量。可能是因为母亲一直以来的异常举动，让我感觉精神疲惫，抑或我早有预感这种事迟早会发生，感到无言以对。我只能目送母亲坐进出租车，离我而去。我突然意识到，这场景和家具设计师离开的时候完全一样。

当我沉浸在回忆中时，那张我和母亲在井边的合照开始闪烁，仿佛有什么谜底将要被揭开，我越发强烈地感到不安。照片上，只剩下母亲的侧脸，我的面庞完全变黑，然后渐渐消失。这时，我听见母亲的声音。

"你现在已经陷入错乱，很害怕清醒的时间，但是你也害怕一直沉睡。我说的害怕不是对死亡的那种恐惧，而是你已经开始依赖沉睡和清醒之间模糊不清的感觉，只有那时候才会感到安心。"

8

"我感觉精神有一点崩溃。"

母亲离开我家之后，我倍感压抑，便去咨询年轻的心理医生。他却说："不必担心。"

"不过，最近您确实比之前更抑郁，服用的安眠药也有些过量。"

"您没有病。您还时常能顾及他人，一直惦记着您返回故乡的母亲，总是挂念着这些，只是您会有意识让自己不去想它，但这并不意味着您在逃避现实。逃避现实的人会试图忘记这一切，还会假装这些问题并不存在。"

"有时，我感觉自己处于幻觉中，缺乏现实感，有一种处在想象和记忆之间的感觉。"

"以前我也和您解释过很多遍。那是因为您想象过度，从而与现实混淆。您可能自己没有注意到，您的大脑一直处于超负荷运转的状态。大脑只有在睡眠时才能得到休息，但您可能在睡觉的时候大脑活动也十分活跃。"

"这么说来，我的确经常做梦。"

"最近还做梦吗？曾经听说您把做过的梦都记录下来。"

"那是以前的事了。现在安眠药越吃越多，逐渐不做梦了，不知从什么时候开始，已经完全不做梦了。"

"原来如此。"

"但是，几周前，确切的时间记不清了，反正是几周前，我突然又开始做梦了。而且，吃了安眠药入睡之后，在血液中的药量浓度达到高峰时会开始做梦，昏昏沉沉之中想设法唤醒自己。无论在酒店还是在家都是如此。"

"为什么一定要唤醒自己呢？"

"一开始我觉得这是噩梦，在恐怖中惊醒，但逐渐发现并不是噩梦。我梦见的都是日常的情景，比如我在遛狗，没抓住绳子，狗跑丢了，我急得不停地呼叫狗的名字等等。十分普通。但这种普通的梦却令人感到不安。现在，我对世间万物都感到很不安和抑郁，即使是普通的梦中出现的普通的东西、普通的事也都很令人厌恶，所以想尽力唤醒自己。"

"那您醒了以后会干什么呢？"

"我会确认自己是否真的醒了。"

"能做到吗？"

"开始的时候可以。"

"你现在已经陷入错乱，很害怕清醒的时间。"

我的耳边反复响起母亲的声音，我的眼前，是一幅抽象画。画面似乎是人体的内脏，但也有花朵和叶子混杂在画中。

"但是你也害怕一直沉睡。我说的害怕不是对死亡的那种恐惧，而是你已经开始依赖沉睡和清醒之间模糊不清的感觉，只有那时候才会感到安心。"

为什么母亲会如此了解我呢？这些都是母亲离开我家之后发生的事，她应该不会知道。母亲平时不会说"沉睡和清醒之间"这种话。应该是我自己的记忆通过母亲的声音再现出来。记忆，一个令人不寒而栗的词语。通过亲身经历和刻苦学习，记忆会根植于人的脑海，这一功能促进了人类的生存和进化。我也如此认为。但是，随着记忆不断加深，有些已经成为碎片、被遗忘的记忆我们则绝对不会忘记。准确地说，并不是"失去的记忆"。记忆的碎片还存在，它一直是现在时，即"正在失去的记忆"。无论是现在，还是将来，都处在"失去"的状态。当我躺在床上，一闭上眼睛，记忆便会翻涌而至。无法抹杀，记忆会变成图像，通过语言呈现出来。无法叫停。意识和逻辑就像我们身上的衣服，被针稍微刺一下也不会感到疼痛，还可以抵御寒冷。但是，我们无法抵抗复苏的记忆，就像我们无法停止呼吸，制止出汗和流血一样。

"我没专门学过。"

家具设计师穿着一件淡蓝色的雨衣。那天正值樱花凋落的时节，天空飘洒着小雨，春寒料峭。银座的一家百货公司正在举办北欧家具展览会，我们俩便一起出门前往。中午在一家西餐店吃了洋葱牛肉盖浇饭后，我们偶然路过一家乐器店，她弹了一首标准爵士乐的名曲。我好奇地问她，会弹钢琴吗？她笑着回答我说："我没专门学过。"那是一段简短的往事，但每当我入睡前闭上双眼，都会再现出那件蓝色的雨衣、她说过的话，以及她的微笑，在我脑海深处回响，又好像在我眼前浮现，无限循环。那如同圆环一样没有尽头，无法逃脱和回避，酒精和安眠药也毫无作用。

母亲返回故乡以后，这种情况越来越频繁。打断这种反复出现的记忆的唯一方法就是睡觉，我于是需要更多的酒精和安眠药。但是，喝得醉醺醺的时候再吃安眠药的话，醒来会感觉满脑子都像塞满垃圾一样非常难受。因此，只好控制酒量。可是，与之相对的吃安眠药的次数和剂量不断增加。每次梦中惊醒，都觉得精神崩溃，感觉就像是我一旦成功出逃，就会马上被抓回去，和之前一样被关在狭窄的牢房里。

我很担心这样下去会安眠药过量，所以我特意把药放在了远离枕头的地方——放进书房桌子的抽屉里。在酒店里也是一样，不放在床头柜上，而是把它放在客厅的书桌上。我等酒醒得差不多时，再吃安眠药。我特意选择速效安眠药，服药两小时后药效最强。但十分讽刺的是，我总是服药两小时后就会醒来。心理医生告诉我："没有什么特别的原因。"

"您不是失眠症，其实不需要吃安眠药。这和药效无关，只是您的意识强迫自己苏醒，仅此而已。您吃安眠药是为了起到一种镇定的效果，让您的记忆和想象不去再现在意识之中，所以安眠药本身的助眠效果体现不出来。"

年轻的心理医生所说的话，还有他发给我邮件的内容，我都记得十分清楚。不仅是心理医生，擦肩而过的陌生人和他同伴的对话，以及当时的动作和表情也都历历在目，我自己都很惊讶为什么会记得这么多细节。对作家来说，这样的记忆力是武器。不论种类和重要程度，把周围的信息像拷在硬盘上那样，将记忆、图像、声音、动作和表情等等，下意识地随意收藏在脑海里，分别用在不同的作品中。我不确定会在什么样的场景，需要什么样的画面，所以我会尽可能地积累各种记忆。并不是有意识地去记忆，而是不知不觉地自动积累在记忆中。我在成为作家之前也是这样，大概是自幼就养成的习惯。这些都是无意识中形成的。我开始思考这种习惯的目的，正在这个时候，耳边响起了母亲的声音。

"积莫伊。"

看起来类似内脏的那幅画发生了变化。画面整体变得十分昏暗，有些像癌细胞那样凸起，还有类似脓包、肿块一样的东西。母亲的声音像是从那里面发出来，喃喃自语听不清楚。

我不知道"积莫伊"指的是什么，过了没多久，这个音节变短，变成了"积莫"，经过几次重复之后，变成了"积木"。她是不是在说积木呢？是不是小时候我在走廊经常搭的积木呢？为什么会听不清母亲的声音呢？这幅看起来像癌细胞和脓包的画与她又有什么关系呢？对于我来说，小时候，积木和语言是相同的东西，确切地说，是还没有被赋予意义的语言。那是抽象的，如同还未分裂的细胞那样。我堆积木的时候，会先设想一下车站、发电站、火车，再通过积木把这些想象具像化。周围人谁都看不出来那是车站，但小时候，我却认为那就是现实的车站。我告诉母亲："这是车站。"她会随口答道："是啊，是车站。"她的回答让我得到了精神上的净化。为了恢复准确的记忆，我一直在回忆当时的场景。因此，积木就产生了具体的形状。写小说也是同样的过程。从搜索随意排列的记忆，到长时间地创作出作品的雏形，再到遣词造句，一步步地成型。

除了创作以外，记忆于我而言，都是不安、恐惧、感伤和绝望的代名词。我只能想起失去的记忆。

"我没专门学过。"

一躺在床上，记忆便开始自动检索，伴随着逼真的声音和形象出现在我眼前。我只能通过睡觉来逃避这一切，别无他法。母亲返回故乡两周以后，我去拿安眠药，走到桌边，拉开抽屉时，发现了一封信，好像是在废纸片上随手写下的。可能是母亲为了走后才让我读到，便放在抽屉里的吧。这封信背面朝上放在抽屉里，所以一直没有发现。

"真的谢谢你。"

"我从心底里感谢你。"

"那么，我去一下就回来。"

我看到第三行时，拿着纸片的手颤抖了起来。如果是离开家的话，"那么，我去一下就回来"这句话并没有那么奇怪。但是，母亲写的不是"再见"，而是"我去一下就回来"，我觉得母亲是把我的家当作自己的家，才会这么写。若是"我去一下就回来"的话，就意味着有机会的话，或者想要回来的话，过一段时间就可能会回来。

每当我从睡梦中惊醒，打开抽屉取安眠药时，都能看到那封信。我不忍心把信扔掉，也不想把它藏起来。我不知道该怎么办，便去咨询心理医生。

"母亲给我留下一封信，我总能看到母亲亲笔写的文字，我不能把这封信丢掉。但每当我看到这些信，就会感到头脑混乱，心跳加速。再这样下去，我就会精神崩溃。"

"您的精神不会崩溃。不过，您正在经受双重的痛苦。年轻的时候，离你而去的那个家具设计师女朋友和您母亲的形象重叠在一起了。您母亲离去后，您就意识到了这一点，因此，您还可以忍受。"

"安眠药的量增加了很多。"

"这没关系，将来会减少的。您能区分清醒的时候和熟睡的时候吗?"

"目前还能区分。"

但是过了一段日子后，每天早上醒来时，我总感觉有一些异样。我记得自己睡觉前吃过安眠药。但是，从书桌走到床上躺下这段记忆变得模糊不清。我开始害怕。我觉得好像中途去过洗手间，但不确定。我觉得自己患了片段性失忆。现在无论在家还是在酒店，我都会做笔记。比如，醒来后从冰箱里拿矿泉水喝的时候，我会在纸上写"喝水，早上五点左右"，然后放在书桌上。渐渐地，笔记开始变得像备忘录一样，越来越多。

"上午十一点左右，起床一次。"

"服用四片安眠药。"

"下次醒来不要吃安眠药。"

"服用两片安眠药。"

"如果纠结要不要吃药的话，最好还是吃。"

"总想限制自己的精神压力会更糟。"

"但是，过了中午就不要吃安眠药。"

"服用三片安眠药，要做好产生副作用的心理准备。"

"起床后觉得身体有些摇晃，但是这应该是正常现象。"

"即使头晕，也要坚持去遛狗。"

"如果还能走路，就去散步。"

"散步很重要。"

"不必害怕做梦，心悸的毛病迟早会好。"

"要吃东西。尽可能吃点酸奶比较好。"

"起床后去盥洗室。"

"要刮胡子。"

"注意仪表。"

"要洗衣服。"

"要穿洗好的衣服。"

"重要!! 遛狗的时候遇到熟人一定要打招呼。"

"打招呼就行。"

"不用说话，也不需要露出笑容。"

"十四点前起床。"

"不必害怕安眠药的副作用，但下次记得不能超过三片。"

"十五点前起床。"

"安眠药只吃两片。"

"外面天还亮的时候一定要起床。"

"起床后，给别人打一个电话。"

"发短信也可以，最好打电话。"

"以前打电话以后感到情绪稳定。"

"最好出去和谁见见面。"

"不要逃避和别人见面。"

"见面可以了解自己的身体情况。"

"见面时确认对方的表情和态度。"

"没有必要勉强自己和谁见面。"

"在酒店见面就可以。"

"酒店会让人心绪平静。"

"在酒店一直住下去。"

"但是也不用勉强自己去酒店。"

"一周住一次酒店也可以。"

"但是,如果去酒店有压力的话,就没有必要去。"

"酒店和家里都一样。"

"没有必要勉强自己和别人见面,或者说话。"

"不要在意别人的反应。"

"最好不要和别人见面。"

"但是要尽量避免独处。"

"和别人见面。"

"和女人见面比较好。"

"选一个不累的女人。"

"好约的女人。"

"见面不需要做爱的女人。"

"没必要强迫自己去做爱。"

"想去做爱，被拒绝也无所谓。"

"不需要是女人。"

"想做爱的时候尽管去做。"

"但是不做比较好。"

"能理解我的女人比较好。"

"不想理解现在的我的女人比较好。"

"见不见女人都可以。"

"不必认为见面更好。"

"但是要和别人见面。"

"去公园和女人见面。"

"去公共场所。"

"不必勉强自己去。"

"坐电车也可以。"

"只去车站看看也可以。"

"不需要离开酒店。"

"不应该试图确认什么。"

"但应该找人出去转转。"

"在酒店走廊走走就可以。"

"看看酒店走廊的照明灯也可以。"

"像以前一样，酒店和家里都要轮流住。"

"酒店比较好。"

"也不用现在就去，但还是住酒店比较好。"

"别忘了上周也住过酒店。"

"上周住过酒店。"

"住酒店需要预约。"

"但是没有必要勉强自己去预约。"

"不要勉强自己。"

"不要焦虑。"

"但是应该预约酒店。"

　　不久，我的书桌上堆满了我的生活记录，有一些散落在地板上，也不知道是什么时候写的。只有分不清梦境和现实的浑浊、朦胧的短暂时光里，我才情绪安稳。此时，一些扭曲的杜鹃花的图像浮现在我的脑海中。我想起了那段日子，我口中嘟囔着"这里让我想起有田的公园"，一边遛狗，一边和母亲一起看着杜鹃花。

　　我听不到母亲的声音。她消失了。

9

　做梦的次数越来越频繁。最近，每天只要入睡都会做梦。而且，能明白自己现在正处于梦境之中。那些并不是噩梦，大部分都是日常生活中的风景和琐事。比如在酒店或者自己家，傍晚时分，夕阳西下的时刻，周围一片昏暗，没有灯光，不知道是否开着窗户。我向周围人询问："为什么会这么黑？"周围人的面庞和表情模糊不清，似乎有熟人在场，但是这些也都模棱两可。一般都是这样的梦境，在梦中我感到十分不安，便努力让自己清醒。当我睁开眼时，有时发现自己并没有躺在床上，而是坐在书桌旁，抽屉里放着安眠药。我不知道自己现在是清醒还是处于梦中。

　有时醒来之后，我完全忘记了刚才的梦，有时则记得十分清晰，有时分不清梦境和现实之间的区别。

　"不记得是在河边还是在海上，有人在钓鱼，而且钓到了一条大鱼。"

　这个梦境，我记得十分清晰。梦中一般会出现大海或者河流，还有酒店和旅馆。而且，酒店并不是我经常住宿的那家，而是一家陌生的酒店。有一个人钓上了一条大鱼，那不是普通的鱼，看上去似乎是鳄鱼。我好像要穿过一个建筑物，那似乎是一家专门租钓鱼船的店，或是一家商店、旅店之类的地方，然后走到一块巨大岩石的后面。这时建筑物里的老板对我说："你是不是脑袋有病?""那里有吃人的野兽,很危险! 你刚才看到鳄鱼了吧? 那里的动物比鳄鱼还要大。"我十分生气,对他吼道:"我比你聪明多了。我的工作成果可以证明这一点。你说谁脑子有病?!"不过,我还是停下脚步,没有走向那块巨大岩石的后面,而是走向了一幢别墅似的宏伟建筑。我刚走进去,便和一个诊疗所的门诊护士模样的女人一起上床,但是我并没有脱下衣服。这时,女人的面庞开始扭曲,鼻子和前额以及眼睛逐渐融化变形。于是,我一个人走出了房间。

这个楼里有一个专供个人观赏的电影院,那里放映的不是录像带,而是胶片,座位很少,而且座椅十分高档。我想起从前德国的独裁者和宣传部长曾经在这种专供个人观赏的电影院观赏电影,如果我进去会被抓住判处死刑,于是马上停下了脚步。想到刚才那个房间里的女人的面庞可能已经不再变形,甚至恢复了原状,我便去走廊,打算返回刚才的房间。我费时很久也找不到那个房间。走廊两侧的房间的门十分奇怪,门把手像一个巨大的别针伸向外面。走廊的中间有一个类似梯子的台阶,外形如同外国常见的古建筑外侧的楼梯。于是,我沿楼梯走下去,但中途便不知道这个楼梯通往何处了。

我清楚地记得那些奇形怪状的门把手，感觉它们似乎象征着什么。现在，我可能不在家里，而是置身于酒店。我环视四周，视野里只有那些门把手。我不知道自己是正在做梦，还是已经清醒，在脑海里想象梦境中的那些门把手。我伸手想抓住什么，但是周围空空荡荡。耳边仍然听不到母亲的声音。

　　"我没专门学过。"

　　这句话突然回荡在我的脑海里。我和她曾经有过无数次交谈，不知道为什么只有这句话反复出现。大概这句话象征着什么吧。其实，我知道这句话象征着什么。那个家具设计师在钢琴上演奏的是一首爵士乐的一小段乐章，我听后马上领悟到那是只有经过长年练习才能掌握的演奏手法。虽然她并不是专业钢琴家，但是肯定经过长期训练。现在从事家具设计工作，弹琴的机会越来越少，偶尔小试身手。她的那句话里有这些含义。而且，她的那句话中还包含着谦逊，另外还有让男友见识一下自己才能的得意心理，其中还反映出她善良的性格和美貌的仪表。淡蓝色雨衣的图像在我的眼前闪烁了片刻之后，便消失了。我突然想到，和那个家具设计师有几年没见面了？其实这个疑问并不重要，重要的是随后闪现在脑海里的问题。我十分清楚那是一个令人绝望、无法回避的事实。问题不在于我们分手后的时间，而是今后我们再也无法相遇，无论时光如何流逝，我再也见不到她了，这就是唯一的事实。事实无法再现，也无法改变。我一直惧怕自己精神崩溃，实际上，已经开始崩溃了。

　　我无法回避家具设计师的那句话。只能靠睡眠。不过，我已经超量服用安眠药了。我从什么时候开始服用了多少剂量的安眠药，自己也不记得了。我一直无法安眠。也许我的身体已经熟睡，但是意识仍然清醒。当我想到自己已经熟睡的时候，会感到更加恐惧。我无法将自己的意识转向其他方面，但是我能找到疑问。为什么听不到母亲的声音了？之前，为什么耳边会回响起母亲的声音？虽然我知道那是我自身的记忆和想象的再现，不是真实的母亲的声音，但是为什么能听到母亲的声音呢？我反复自问，脑海中浮现出的这些问题成了我的救命稻草。我不断回忆在这里的世界中，母亲的声音究竟是在什么时刻开始回响在耳边的。我不能肯定回忆是否有意义，不过，有一点十分清楚，那就是，在误入这里的世界之前，我没有听到任何声音。大量的便条里从来没有涉及母亲，也没有提到家具设计师。因为那是我心灵中的痛点，我无法下笔。

　　"不要和猫进行想象中的对话。"
　　我家养着一只猫咪，名叫塔拉。大概现在还在我家。它应该在书房或者什么地方，我不知道，也看不见。心理医生说我想象过度从而与现实混淆，实际上我只是在做梦而已。我一直躺在床上，我想起身站立起来，感觉上是在直立。我想躺下，但是无法让身体倒下。我的眼前一直都映现着门把手，只不过数量比刚才减少了。

即使我处于梦境和苏醒的模糊状态，但仍然记得给猫和狗喂食添水。大概是这些日常生活中的行为使我保持基本的意识。我最后一次给猫和狗喂食添水后，已经过了多久？我是什么时候穿越到这里的世界的呢？最初，我在灯光上看到一些莫名其妙的图案，然后看到自动扶梯放射出奇妙的光亮，扭曲变形。在这里的世界中出现了一个酒店的房间，窗边有一盏灯。那时，在我的身旁，有一个年轻的女人，她名叫"真理子"。

"要与真理子见面，确认她的存在。"

我曾经写下过这样的便条。我还能想起真理子的相貌。我们经常一起吃饭，在酒店的房间里一起看电影，还一起去意大利旅行。我记得这些，但这些是否都是事实，我并没有把握。我现在所处的地方是现实，还是梦境？抑或如同心理医生所说，我也许处于想象与现实混淆的莫名其妙的地方，或者是处于梦境和苏醒之间的模糊状态，这些都无法确定，在这种情况下，我无法确定我和真理子是否去过意大利旅行。我是否记得真理子的面容，这一点也不确定。我努力回忆真理子的相貌，脑海中浮现出几个女人的面庞，那是否是真理子，我自己也说不清楚，同时也没有信心确认。我记得心理医生曾经说过，真理子这个人是否确实存在非常重要。我的记忆虽然飘忽不定，但是心理医生说这不是病症，我自己也这么认为。有些记忆十分牢靠，比如母亲给我讲述的幼年往事，或者是木野岭时代的往事，还有一家三口在杜鹃花盛开的时节去有田的公园时的情景，这些记忆十分清晰，就像内部结构十分稳固的分子一样。我察觉到这种结构的记忆，几乎都与母亲和家具设计师有关。我不愿忆起的往事都具备牢固的结构，深植于我的脑海之中。

如何才能确认真理子是否存在？方法只有一个，去和她见面。如何才能见到她呢？以前见面时都是用短信联系，她应该给我回过短信。我想要在衣袋里摸索，但是手不听使唤。我穿的裤子是否有口袋，我也不确定。上衣穿的是什么也不太清楚。我想找镜子，但又害怕在镜子里看到自己的面容。当我穿越到这里的世界时，我的苹果手机曾经扭曲变形，那部手机变形之后，就不知道结果如何了。我记得没有扔掉。

"我在这里。"

耳边传来一个人工合成的声音。听起来就像门把手在说话。

"您在酒店的房间里，我在门外。"

的确，如果根据门把手的位置判断，我在房门的内侧。而房门似乎虚掩着。不过，我为什么能看到很多门把手呢？

"您在几个房间组合在一起的地方。"

不知道现在是谁的声音，不是母亲在讲话。

"不过，组合在一起的房间的数量正在减少。"

的确，房门把手的数量与最初相比，减少了很多。许多房间组合在一起的地方，难道会有这种地方吗？自从我误入这里的世界，我的记忆里就从来没有出现过这种地方，也没有梦见过这种地方。

"其实，人都处于几个房间组合在一起的地方。只是没有察觉罢了。"

你是谁？我终于说出话来了。

"我是真理子的朋友。真理子让我来见您。"

你究竟是谁？你叫什么名字？真理子和你联系了吗？你是怎么来到这里的？

"来这里很容易。只要坐电车，然后步行来到这个酒店，我知道房间号，因为那是您经常下榻的房间。"

房门的把手变成了一个。看上去仍然是房间内侧的位置，我还是在房间里。据那个女人的声音所说，我刚才一直在几个房间组合在一起的地方。现在变成了一个房间，也就是说变成了普通房间吗？

　　"处于几个房间组合在一起的地方，是不是很辛苦？"

　　几个房间组合在一起的地方，完全不懂是什么意思。

　　"简单地说，就是相撞的地方。"

　　房间不可能相撞。

　　"不，相撞的是那里面的人。"

　　相撞是什么？相互碰撞吗？

　　"不是碰撞，是重合。"

　　人相互重合，究竟是什么意思，完全不能理解。我虽然不理解具体含义，但是能理解大概。是指无法统一。尽管没有患上精神疾病，但是无法把握自己的所在，处于沉睡之中，却能知道自己处于梦境。不记得身体的移动，明明记得自己在书桌前，但是醒来却发现自己在床上。即使睡醒了，头脑中的睡意仍然十分强烈，梦境中的景象与床头柜上的水杯，以及窗帘的缝隙中透进的光线与映射在墙壁上的细长线条相重合。我是不是已经醒来，只有起身走下床，步行到其他地方，一般是书桌附近之后，才能知道。但是，安眠药的药效仍然十分强烈，我不但没有气力坐起，甚至连自己是否醒来都无法确认。那个女人大概想说，不是房间，而是其中的人发生了碰撞，因此处于几个房间组合在一起的地方。

"离开房间吗？"

我听到一个声音，但我觉得并没有人在讲话，而是我想象出来的女人的声音。那是一种电子合成的、专为机器人特制的声音。

"那都无所谓。"

刚才，我一直没有说话。我的想法和图像能够传递给对方，说明那个女人是我自己创造出来的。

"那都无所谓。"

这句话是我自己说的。

"您不是想见真理子吗？"

那个女人说她是真理子的朋友。我以前见过真理子的朋友吗？我连真理子是否真实存在都无法明确，又怎么可能知道是否曾经见过她的朋友呢。

"实际上呢。"

女人的声调出现了变化。人工合成的声音变成了自然的女声。不过，听不出来是谁的声音。不是母亲的声音，我和母亲不会这样对话。我不愿想起母亲，也不愿想象她的形象。

"真理子和我在一起。"

在我听到女人的声音之前，我一直在想，要确认真理子是否真实存在，就必须和她见面。女人说她和真理子在一起。但是，从听到女人声音的经过推测，不可能是真理子的真身。

"那都无所谓。"

也许真是如此，如果我知道了这不是真理子的真身，就能明确真理子实际上并不存在。

"我们在房门外面。您出来看看。如果您走出房间，我就回去，留下真理子，我一个人回去。"

我怎么才能走出房间呢？

"很简单，只要走几步就可以。"

我的脚在移动。我知道自己踏出了一步，正在向前移动。我穿过房门把手，但是我不知道那里是不是房门的外面。一个女人站在那里。

"好久不见。"

好像是真理子。

"我们去公园，坐电车，然后去'瑟堡'吧。"

终章
「复活」

　　"瑟堡"，真理子的确是这么说的。公园、电车、"瑟堡"。在进入这个莫名其妙的世界之前，我和真理子去了公园，在车站乘上了电车，这些像是这段经历的开篇。在电车上，周围人的服装都变成许多年前的式样，真理子解释说这是开往过去的电车。真理子是想再重复一遍吗？那时，母亲已经返回了故乡。我自己也处于沉睡和苏醒的边界。

　　心理医生曾说真理子是否真实存在十分重要。真理子就在眼前，正要走向前方。我是否应该触碰一下她的身体？我刚想伸手抚摸一下她的肩膀。"您怎么了？"她回头望了我一眼。

　　"我就在这里。"

　　说着，她握住了我的手，偎依过来。透过外套，我能感受到她那柔软的身体，似乎能听到她心脏的跳动。她的柔发中散发着柑橘的芬芳。我担心自己最近是否洗过澡。进入这里的世界之后，我看到扭曲的自动扶梯以及浮现在灯光中的图像，视野紊乱，四肢也不听使唤。而且没有浴室，根本无法清洁身体和头发。但是，自从我处于沉睡和苏醒的边界后，我特别注意刷牙、剃须、洗澡、换洗内衣等。我不知道自己是在沉睡，还是在苏醒，抑或在做梦，一切都模糊不清。不过，我意识到必须保持洁净，注意仪表，如果懒散，精神真的会崩溃，这种意识甚至变为一种危机感。因此，误入这里的世界之后，我不知已经过了多长时间，但是，我的身体和头发都还能保持清洁状态。

"很久没有和人拥抱了，真高兴。"

我能感觉到真理子身体的柔软。也许她真的存在。

"您看一下周围环境。"

我看到了酒店的走廊。那是熟悉的经常住宿的酒店的走廊。廊灯、地毯都十分清晰，而且我们在向前移动。我们将要去哪里？刚才，真理子说要去公园，乘电车，然后去"瑟堡"。

"是去公园吧。"

我说出了一句话，不可思议的是，我并没有感到惊奇。不知什么原因，我知道自己能发出声音。是不是因为抚摸到真理子的身体，感觉到了变化？

"是的，我们先去公园吧。"

我们乘上自动扶梯。法国航空公司的一位空乘人员也在乘坐自动扶梯。当她的目光注视我时，我用法语说了一句："一路平安！"她微笑了一下。自动扶梯边的墙面上有一面镜子，我看了一下自己的装束。我身穿蓝色条纹衬衫、橘黄色的毛衣、灰色的裤子，脚上是一双深茶色的鞋，戴着手表，面庞洁净，衣袋里有手帕和钱包，头发梳理得十分整齐。服装和面庞都和往常一样。

酒店大堂里灯火通明，人来人往，游客们聚集在一起，倾听导游的说明，自动扶梯上下交错，坐在墙边的沙发上的人在用手机发送短信，等待朋友的到来。酒店行李员看到我，便打招呼说："您出门吗？慢走！"周围一切如常。当我走出门廊，来到通往公园的人行道时，感觉到有些异常。在自动扶梯上遇到的空乘人员穿的是制服，但是大堂里的气氛和人们的服装却没有季节感。我不记得他们穿的是半袖T恤衫，还是风衣。不过，我觉得这些都无所谓。我也许已经走出了"那个世界"。真理子确实存在，是不是可以认为她确实存在？

走出酒店，在人行道上走了一段之后，我们穿越人行天桥，进入公园。来往的行人，路边玩滑板的少年，流浪汉的蓝色帐篷都和以前一样。广场上聚集着各种各样的人。有一对中年人正在练习风笛，有一群高中生在踢腿跳跃，练习各种集体动作，大概是女子啦啦队的表演。还有几个孩子在练习独轮车，一对父子在进行投接球练习，公园的工作人员走来告诉他们投球违反公园的规定。我们穿过广场，来到一片树林中。难道我就这么轻易地脱离了"那个世界"吗？

"您在想什么呢？"

走在前面的真理子回过头来问道。我刚才一直处在一个莫名其妙的地方，始终无法脱身。听我这么一说，真理子微笑道：因为您想见我。

"当您不再想去外面并且发现遇到我的时候，自然也就可以离开了。要问为什么，那是因为您是和我一起进入这个地方的。和我在一起，就可以离开。"

上一次来公园时，阳光透过树枝的间隙一缕缕地洒在草地，真理子却没有影子。现在如何呢？我想确认一下，但是厚厚的云层遮住了太阳，不仅是真理子，地上也没有一丝的阴影。我看了一下手表，时针指在四点半。傍晚时分，时常阴云密布，无法确认影子。真理子现在打算干什么呢？我问她，我们去哪里？她答道：我们去车站坐电车。电车！上一次见到真理子的时候，是否是真的见面，我也没有把握，至少我觉得我们见过面。那时，路边横躺着一辆生锈的铁皮玩具电车。真理子看着那辆玩具电车，告诉我说，有辆电车哎。之后，我想起自己曾经想象一辆缩小的玩具汽车，感到十分恐怖，接着眼前浮现出三道光束。

最初看到三道光束是在父亲狭小的画室的所在地木野岭上，母亲背着我走在那个幽暗的小路上的时候。那时，我问母亲这里的是活着的人居住的"这个世界"还是死去的人居住的"那个世界"。是祖母告诉我"这个世界"和"那个世界"的。脑海中浮现出祖父母家的客厅、佛龛前的对话以及燃烧的香飘散的气味、战死的叔叔的照片，这一切似乎都在晃动，向我逼近，我感觉"这个世界"和"那个世界"并没有明显的界线，它们互相接触，有些地方甚至重合。

那个山坡漆黑一片，周围没有人家，人迹罕至，那里究竟是"这个世界"还是"那个世界"呢？也许那里是死者居住的世界，也许是重合的地方。一想到这里，我就感到十分恐惧，趴在母亲的背上一动不动。淡薄的月光笼罩在草丛上，细长的叶子在眼前随风摇摆。树叶是生物，有生物的世界一定是"这个世界"。我伸手去撕几片树叶，打算试试手的触觉。可是，树叶富有弹性，任我怎么撕也撕不断，我的手上还划出一道伤口，流了鲜血，有些疼痛，但我没敢吭声。如果我告诉母亲手被树叶划破，母亲也许会停下脚步，看一下我的伤口，我担心如果在这个山坡上停下，眼前会出现"那个世界"。

疼痛证明我还活着，当我意识到这一点时，我的眼底里出现一道像聚光灯照射出的光束，不久便增加到三道。在这三道光束中，浮现出不久前死去的爱犬，它如同生前那样欢蹦乱跳，我的脑海里随之产生了清晰的触觉。从那以后，三道光束会突然出现，为我带来美好的回忆以及恐惧和不安。现在，我为什么会想起"这个世界"和"那个世界"呢？大概是真理子的那句"电车"勾起了我的回忆。那时候，铁皮玩具电车丢在路边，我们乘上一辆开往过去的电车，人们都背对着我们。我们是不是又要乘上那辆电车？

"到车站了。"

真理子说着，指向眼前一座奇特的建筑。不知是在施工，还是在拆毁的残骸，那座建筑完全不像车站，里面空无一人，既没有店铺，也没有自动扶梯和检票口，更看不到月台，甚至没有标识站名的标牌。可是，当我走进去的时候，心里却觉得这里应该就是车站。这里和记忆中的车站完全不同，但我觉得所谓车站，就应该是这种风格。我心里逐渐产生一种信念，确信除此之外不可能有其他车站。这时，巨大的墙壁慢慢打开，出现了一道门，听到远处传来"发车"的广播声，我们似乎已经置身于车内。电车上没有车窗，也没有映现出飞逝的风景。因为没有车窗，车内十分昏暗，在微弱灯光的照射下，看不清是否有车座，也不知道是否有其他乘客。不过，眼前能看到类似吊环的东西，真理子抓住吊环，身体微微有些晃动，我觉得我们的确在电车里，除了电车以外不可能是其他交通工具。

"这是直达快车。"

直达什么地方呢？

"瑟堡！"

"瑟堡是六本木一家我过去常去光顾的餐厅，西洋格调，有一个吧台，墙上挂着相框，装饰着以前著名的法国明星凯瑟琳·德纳芙的照片。店名源自德纳芙的代表作《瑟堡的雨伞》，每天营业至深夜两点，我经常去那里喝酒。客人大多是电影和戏剧圈里的人士，名流云集，经常能看到大牌女明星独自一人坐在吧台品味波慕罗红酒。我记得第一次和真理子见面也是在"瑟堡"。但是，这家餐厅已经停业，现在已经消失。"直达'瑟堡'。"真理子又说了一遍。我记得上次和她见面时，我们一起去公园，乘上电车，周围的乘客都背对我们，衣服也变成旧时代的式样。那天，真理子也说"瑟堡"还在,名叫"阿友"的厨师还在,风闻已经去世的店主也还健在。真理子当时走进一家餐厅,并不是"瑟堡",但她说这里就是"瑟堡",大家都在。那家店在地下,台阶顶部和墙上贴满了小广告之类的纸片。我没有随她进去,我有一种不祥的预感。我感到奇怪,直觉让我止步不前,便以身体疲劳托辞告别。

现在好像又要去"瑟堡",而且据说是直达。可是,不可能有直达餐厅的电车。这个空间可能不是电车。车站也十分怪异。可是,我在真理子的引导下,打消了心中的疑团,认定那里就是车站,墙壁打开,我们乘上了从中驶出的一辆电车。我记得听到了"发车"的广播声,也许是我感觉自己听到了。我的确是在那个名叫"真理子"的女人的声音引导下走出了酒店房间,还触碰了她的身体,确认她真实存在。那种感觉,真理子身体的感觉,十分新鲜,使我感到我已经脱离了那个令人感到莫名其妙的闭塞的世界。心理医生说那是想象过度从而与现实混淆,实际上可能是沉睡和苏醒的界线模糊不清的缘故。

在昏暗之中,过了不久,真理子的身体不再晃动,我感到电车停了下来,在油压声中,车门打开,瞬间,视野变得明亮。

"到了!"

我们站在通往地下的台阶前。上次我和她告别后，真理子走下台阶，告诉我大家都在，那个台阶就是这里。现在，真理子正往下走。但我感到墙壁有些扭曲。我有些迟疑。这个台阶并非通往我以前经常光顾的"瑟堡"的店门。真理子究竟要带我去什么地方？我是不是又要回到那个莫名其妙的世界？这里是不是也会混淆沉睡和苏醒之间的界线？

"那都无所谓。"

突然，耳边响起了男人的声音。我已经走下台阶了吗？眼前放着一个杯子，里面有液体，散发着干雪利酒的芬芳。

"你看，这是你常喝的那种。"

这是我熟悉的女人的声调，我知道那是"瑟堡"店主的声音。我已经走进真理子所说的"瑟堡"了吗？我听说店主生病已经去世了。

"那是误传。"

我听到另外一个男人的声音。我看不清餐厅里的布置。

"你看，这人总这样。"

这是厨师阿友吧。"瑟堡"停业以后，他在塔希提岛开了一家日本料理店，我收到他寄来的明信片，让我一定去尝尝他的手艺。

"我早已从塔希提回来了。我其实很怕热。"

那的确是阿友的口气。不过，我一直没有开口。对应着我的记忆和思绪以及脑海中的形象，耳边回响起他们的声音。

"我给您做炸芝士吧？"

炸芝士是我爱吃的一道菜。只有阿友和店主知道我的喜好。这家餐厅真是"瑟堡"吗？店主和阿友也是真实的吗？我环视周围，寻找凯瑟琳·德纳芙的照片和康定斯基的作品。"瑟堡"的酒吧里装饰着凯瑟琳·德纳芙的照片，餐厅里挂着康定斯基的小幅作品。但是，周围模糊不清。我不知道如何回答，便喝了一口干雪利酒。没错，这就是我喜爱的那个品牌的雪利酒。可是，我仍然看不清店里的模样。我不知道什么地方是墙壁，什么地方是吧台，什么地方是厨房。"瑟堡"里有一个开放式厨房，坐在吧台上可以看到厨房，餐厅里飘荡着食材的芳香和烹调的声响。可这个地方，除了店主人和阿友的声音以外，悄然无声。

"还有，那位客人刚才一直在等您。"

随着阿友的声音，我看到对面有桌椅，一位头戴贝雷帽的老人坐在那里，他对我说道：喂，你好！好久不见！那是一个熟悉的声音。原来是父亲。我让他们给我倒满了一杯酒，一饮而尽。这里难道不是沉睡和苏醒的界线模糊的地方，而是死者聚集的场所吗？令人奇怪的是，我没有感到惊奇和恐惧。原来如此，原来她为我准备了最坏的结局。

"过来，一起喝一杯，好久没一起喝了。"

声音、话语、语调，所有一切都和父亲一模一样。我必须离开这里。这里不是"瑟堡"！我不知道这里是不是死者聚集的场所，这些都无所谓。所有一切也许都是模糊了沉睡和苏醒的界线的我自身的想象。这些也都无所谓。重要的是我必须离开这里。我像穿过雷区一样，顺着自己进来时的脚印，不停地后退。后背碰到了墙壁，便沿着墙壁挪动，寻找墙壁的尽头。我走到墙壁尽头，看到了后面的台阶。如果能跑上台阶，就能逃脱。我不知道能否走到外面，但是无论走到多么恐怖的地方都可以，这里实在令人毛骨悚然。我转过身，慢慢地走上台阶。从那里看不清店里的样子。店主、阿友还有真理子的身影都看不清楚。虽然能看到人影晃动，但不清楚那里是不是真的有人。

"喂，等等，不要跑啊！"

后面响起了父亲的声音，他似乎在追赶我。追赶远离自己的人，那的确是父亲。人无法挽留要远离自己的人。即使是父子、夫妻、兄弟、恋人，尽管关系亲密，人各有志，生活方式不同，即使自己不情愿，有时也必须接受。母亲教会我这些。母亲是一位教师，我们一起生活的时间不长。幼儿时代，我有时感到寂寞，但是我知道，母亲有重要工作，并不是不愿和我在一起。母亲并没有和我说起这些，而是用态度告诉我。我无法挽留离我远去的家具设计师，也无法挽留返回故乡的母亲。我知道她们并不是讨厌我，也不是对我感到失望。她们有她们的理由，只是我不能理解而已。父亲则相反。因为他是一家之主，他认为家里的所有人都要顺从自己。大概他自己也是在那种环境下长大的，即使心里非常不情愿，也要服从别人。大概是受到祖母的影响，而且父亲在战争时期读书，曾在战争动员令下参军当兵，也受到旧时代观念的影响。但是，我从小就不喜欢父亲。

"你等一下，你还记得在那个医院，我最后在你耳边说的那句话吗？"

父亲在临终前，把我叫到病床前，说了一句话。可是，我不知道他说了什么。

"你想知道吧？"

我没有回答。

"你想知道吧？"

父亲又重复了一遍。我仍然没有回答。

"是关于你母亲的事情，你想知道吧？大概你以为我会说照顾好你母亲吧。你想知道吧？怎么样？想知道还是不想知道，你说一句话，明确表个态。"

我为了确认自己能否发出声音来，便低声应了一句，然后回答道：

"我对那些事，没有兴趣！"

当我后退着登上台阶后，父亲并没有追赶出来。店内的情景也离开了视线。我登上台阶，来到湿漉漉的路上。大概刚刚下过雨吧。周围的景色如往常一样。道路两旁是乌冬面馆、炸串店、居酒屋，还有普通的民宅，招牌的灯光以及店铺的霓虹灯都在闪亮。不过，街上渺无人烟。我在真理子女友的声音引导下，走出酒店的房间。真理子站在房间外，当我用手触碰她时，可以感觉到她的芬芳和体温，我觉得她是真实存在的，于是我以为已经脱离了莫名其妙的世界，其实不然。现在，我不知道自己置身于何处。周围的风景并没有扭曲，也没有人影。在木野岭昏暗的小路上，母亲背着我的时候，我曾经想询问"这个世界"和"那个世界"的事情，但又十分恐惧，当我伸手去撕细长的树叶时，我划破了手。那时候，手上流出血来，感到疼痛，不过我感到自己还活着。如果我现在割破手指，能淌血感到疼痛，也就能证明我还活着。可我现在没有刀子。马路对面有一台卖饮料的自动贩卖机。裤兜里装着钱包，我从零钱夹里取出两个一百日元的硬币，买了一罐饮料。我拉开拉环，将一部分饮料倒在地上，然后将手指伸进开口处，只要一使劲，我的手指就会划破，流出血来。

"住手!"

耳边响起了一个女人的声音。但是看不见人影。那个声音好像母亲，但是我不敢确定。

"你走出那条路，搭一辆出租车，然后回酒店。你可以回去，也可以回房间。躺在床上，吃安眠药也可以，不吃也可以。如果睡不着觉，可以不睡觉。如果外面天亮了，要打开窗帘。然后看一下外面。不是感受阳光，要看外面。一定看外面!"

那是母亲的声音。

"我自作主张，离开了你，真对不起。短期住在一起、去遛狗，和长期住在一起完全不同。你不应该和我住在一起，你要去外面，去外面接触其他人，积累作品素材，各种作品的素材。我一直看着你，也一直惦记着你。现在不能见面也没关系，总有机会见面。"

我能找到出租车吗？能回到酒店吗？而且，我能回到现实吗？

"想一想你以前用积木搭建各种模型时的情景，我提问，你来回答。"

对于和母亲的交谈，我没有太多记忆。因为我一直埋头玩积木。母亲为什么现在提起积木呢？母亲在故乡的养老院，不可能直接和我交谈，这是我自己的记忆和想象的再现。沉睡和苏醒之间的界线模糊，梦境与想象以及记忆混杂在一起，形成母亲的声音回响在耳边。应该有标志性的风景和声音以及语言。周围的风景并没有能唤起母亲声音的东西。难道是因为我要割破手指，尝试流血吗？手指流血和疼痛与积木无关。母亲的声音让我去搭出租车，我能找到出租车吗？我心里隐隐感到不安。我用积木搭过出租车吗？没有！我对于房屋之类的建筑物、出租车和公交车之类没有兴趣。我用积木搭建的是城市那样的复合建筑。

母亲告诉我搭出租车，然后返回酒店。酒店？我没用积木搭建过酒店。在家乡，我没见过酒店。自己没见过的东西，不可能用积木搭建。整个城市对于孩子来说，尽管比较抽象，但是亲眼见过房屋、公交车站、道路和河流，还有树林和花圃，可以用积木组合搭建。出租车和酒店之后，我会如何自问呢？对了，我会问自己是否回到了现实。然后，母亲的声音告诉我，让我回想起积木。幼儿时期，玩积木时，每当我搭完之后，母亲经常问我那是什么。她问我，你做了什么？那是现实生活中的东西吗？我不懂"现实"这个词，便问母亲。

"现实就是这里，在'这个世界'里能摸到的、见到的、听到的各种东西。这个檐廊、院子里的柿子树都是，而且，榻榻米、天空、云彩，还有马路上的公交车，路上的人们也都是。这就是现实。"

听到这里，我先说了一句："这样的话。"然后接着说："这样的话，那就无所谓了。"母亲的声音想告诉我这些。让我想起还不理解"现实"的那个时期的往事。

我走到大路上，想到没有必要割破手指。从远处开来一辆出租车，车越来越近。您去哪里？也许已经去世的司机会这样问我。我会告诉他去酒店。到了酒店，走进房间，拆开安眠药的封口。吃还是不吃？可以到那时再决定。总之，能否回到现实，现在没有必要考虑。所谓现实是什么？谁也不知道。不知道的事情就没有意义。现实本身并没有意义。

后
记

1

当初在起稿本书时，我本想撰写一部"幻想小说"。当故事情节展开后，母亲这一角色登场，至于为什么插入母亲这个人物形象，我自己也不清楚。那种感觉就像是幼时迷路，却又偶然再遇到母亲一般。这样一来，这部作品也就变得像私小说。但这并不是我的文学风格。然而，当临近尾声时，整本小说的内容已经逐渐脱离了私小说的范畴，当收尾时，我才发现原来自己第一次写这种风格的小说，不觉陷入了一时的迷茫。这种风格的小说是第一次，而且也绝对不会有第二次。

在撰写过程中，我也察觉到了许多问题，思考了很多事情。比如"小说究竟是什么"。这篇"后记"今后也将以连载的形式写

失之物语　　　　　　　　　　　　　　　　　　　　　　　279

下去，我将不定期更新，公布于众。

2

这部小说，连载于我主编的电子杂志《JMM》。当初，在我刚接触"电子邮件"时，就希望有朝一日能够以这种形式将小说呈献给读者。通过"抄送"和"密送"的功能，瞬间就能将小说的内容发给众多的读者。

古巴有一位名叫雷纳多·阿里纳斯的出色作家，他本人因为同性恋问题而遭受卡斯特罗政府排斥。他四处逃亡，将标注出版社地址的大量手稿塞入装砂糖的麻袋，抛上前往法国的货船，这才使他的书籍得以在法国出版。其后，阿里纳斯锒铛入狱，又逃亡海外，最后因身患艾滋病而撒手人寰。但我曾想，他应该也不想把手稿塞进装砂糖的麻袋，如果当时有电子邮件，那他一定会用上。

因此，我为能像现在这样用电子杂志刊登小说，并简单高效地送达给读者阅览而感到十分兴奋。这样就没有必要印刷，就连出版社和书店这些环节也可以省略。

我当初刚开始写作这部小说时，有宝格丽作为赞助商，但后续部分是我免费发给读者阅览的，也就是说我是以义务劳动的形式继续完成了创作。这也是我第一次体验无稿费撰写连载小说。但是，令人感到意外的是，免费发送的连载小说，反而阅读的人数不多。通过这次经历，使我理解了人们对于免费的东西反而不感兴趣这个道理。

3

虽然我的确曾经对于"小说究竟是什么"抱有疑问，但并未能得出结论。我在进行创作时，对于这个问题并没有深入思索。只有写完一章之后，才会思考、质疑其中的内容。但这种思考和质疑并不会持久，转瞬便会消失在脑海之中。特别是像《逃离半岛》这种作品，必须竭尽全力撰写每一个部分的情景，没有时间思考和质疑。

《失之物语》和《逃离半岛》不同。因为其本身取材于我自身的生活，所以我也陷入过迷茫。那是因为作品的情节涉及母亲的身世。我的母亲曾反复读过几次《69》。她似乎很喜欢这部作品。但我觉得，她应该不会喜欢《失之物语》。总之，我很庆幸自己能在她有生之年，完成此作。

4

有读者说，这是我第一次读到这样的小说。听到读者这样评价，我感到很高兴，但是我没有读过其他的小说，所以无法确定。不过，我在写作中的确注重均衡的问题。对作家来说，是否能保持均衡非常重要。均衡也可以说是平衡，就是说针对某一处的情节，既不能描写得过于详尽，又不能太简略。虽然我经常注重这个问题，但是在这部作品中要保持均衡尤为困难。我一边执笔一边提醒自己，注意不要过分渲染，但结果还是描述了许多情节。这些细节，仅仅通过作品，读者可能不会察觉，只要读者能够认为这是一部情节完整的作品，我就心满意足了。

5

母亲曾经很漂亮。母亲还在世，所以用"曾经"这样的过去式表述有些不妥，总之她曾经面容秀美，甚至在佐世保市的教育界都以美貌著称。然而，在我孩提时期，却并未意识到母亲的美丽。即便到了高中，也仍然没有理解。现在回想起来，应该是在大约十年前才发现这一点。父亲去世之后，母亲从故乡拿来一本相册，其中包括我与母亲的合照在内的一些照片已经褪色，所以我打算把照片扫描保存下来。在扫描的过程中我才意识到母亲的美丽，而且，母亲本人并未觉察到。写《失之物语》的时候，我一直在思索一个问题，那就是一个被美丽而不自知的母亲养育成人的男人，究竟会如何看待周围的女性呢？我终究没有得出结论。

6

　　和《失之物语》中的情节不同的是，我现在和母亲住在一起。每天早上我们一起遛狗，但几乎很少交谈。也许是我牵着德牧犬，母亲领着西施犬的缘故，我们从来不会并肩行走。我们在自家附近的一座大公园里散步，途中要经过陡坡。为了防止母亲滑倒，我在那里会拉起她的手。每当那时，我总是想起在这本书中我写了与母亲牵手的情节。年幼时，母亲常拉起我的手，现在我们则相反。然而，不管怎样，拉起母亲的手终究是很特别的。

MISSING USHINAWARETEIRU MONO

by MURAKAMI Ryu

Copyright © 2020 MURAKAMI Ryu

All rights reserved.

Originally published in Japan by SHINCHOSHA Publishing Co., Ltd.

Chinese (in simplified character only) translation rights arranged with MURAKAMI Ryu, Japan through THE SAKAI AGENCY and BARDON CHINESE CREATIVE AGENCY LIMITED.

图字: 09‑2021‑602 号

图书在版编目(CIP)数据

失之物语/(日)村上龙著;栾殿武译. —上海:
上海译文出版社,2023.5
ISBN 978‑7‑5327‑9122‑4

Ⅰ.①失… Ⅱ.①村…②栾… Ⅲ.①长篇小说一日
本一现代 Ⅳ.①I313.45

中国国家版本馆 CIP 数据核字(2023)第 069925 号

失之物语

[日] 村上龙 著 栾殿武 译
责任编辑/吴洁静 封面图片/村上龙 装帧设计/赤祥

上海译文出版社有限公司出版、发行
网址:www.yiwen.com.cn
201101 上海市闵行区号景路 159 弄 B 座
镇江恒华彩印包装有限责任公司印刷

开本 787×1092 1/32 印张 9 插页 5 字数 123,000
2023 年 6 月第 1 版 2023 年 6 月第 1 次印刷
印数:0,001—5,000 册

ISBN 978‑7‑5327‑9122‑4/I·5665
定价:58.00 元